人間道

先秦秦汉卷 下

郑骁锋 著

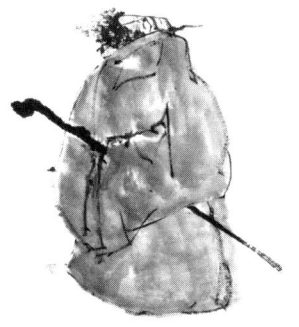

长江出版传媒　长江文艺出版社

东汉 《曹全碑》局部

东汉 《曹全碑》局部

东汉 《曹全碑》局部

东汉 《曹全碑》局部

东汉　《曹全碑》局部

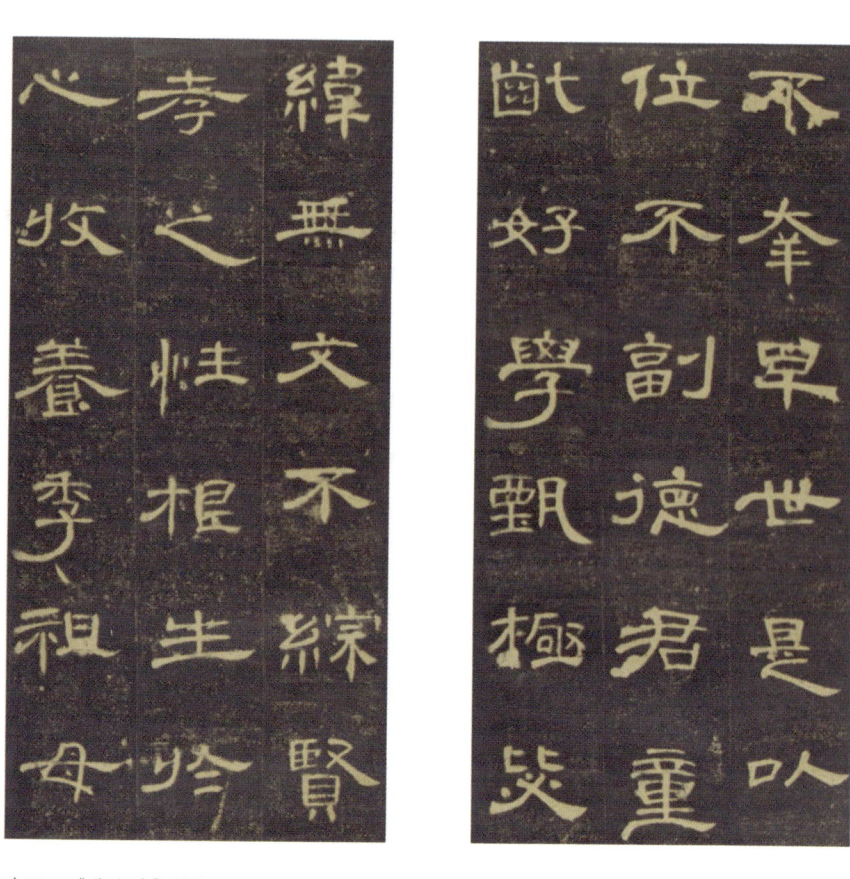

东汉 《曹全碑》局部

东汉 《史晨碑》局部

东汉 《史晨碑》局部

东汉 《史晨碑》局部

东汉 《史晨碑》局部

东汉　《史晨碑》局部

东汉 《史晨碑》局部

东汉 《鲜于璜碑》局部

东汉 《鲜于璜碑》局部

东汉 《鲜于璜碑》局部

东汉 《鲜于璜碑》局部

目 录

中　兴 …………………………………… 1

开玉门 …………………………………… 21

白马西来 ………………………………… 43

我所思兮 ………………………………… 63

残阳帝国 ………………………………… 85

有儒如林 ………………………………… 108

苍天已死 ………………………………… 133

千里草，何青青 ………………………… 154

覆　巢 …………………………………… 176

大江东去 ………………………………… 199

结语：左东右西 ………………………… 218

中　兴

浩劫过后,当人们重新梳理那段尸横遍野的岁月,不禁唏嘘不已。原来,东汉王朝的大幕,居然是在牛背上拉开的。

或许,这就是历史令人生畏的隐喻:与马的标准完全不同,衡量一头牛的优劣,重点不在速度与血性,而是负重和温驯——

公元初的第一个百年,在这个于废墟中重生的汉帝国,激烈的马蹄声正逐渐远去;取而代之的,是一声苍凉的牛哞。

历代开国之君,刘秀的亮相可能最没有风度。起兵之初,由于马匹短缺,他骑的竟是一头牛——光武帝就这样扶着牛角,匆忙而低调地登上了历史舞台。

那一年,刘秀二十八岁。虽然他这脉刘出自汉景帝的儿子长沙王刘发,摆起谱来还是高祖刘邦的九世孙,但随着推恩令施行,爵位一代比一代细碎,轮到他爸,只做了个穷县令,与普通人家没啥两样了。刘秀本人，更是从小就表现平庸，虽说曾到长安读过几年书，最喜欢的却是侍弄田地，除了一手好农活，根本看不出有什么特别之处。就连同胞兄长刘縯也瞧不起这个小弟，常把他比作刘邦的憨二哥，庄稼把式刘喜。

总之，无论亲朋好友还是隔壁邻居，提起刘秀，最先联想到的，几乎都是农夫、山泉、有点田。

但刘秀脉管里毕竟流着皇族的血，还漂过几年首都，终究不同于坐井观天的乡巴佬。要说宏伟一点的梦想，倒也有两个："仕宦当作执金吾，娶妻当得阴丽华。"执金吾，京城警备司令；阴丽华，南阳第一美女。仅此而已。没有任何迹象表明，年轻时的刘秀怀有问鼎天下的志向。

刘秀的时代流行谶纬。"谶"是方士们造作的图录隐语，"纬"则是对儒家经书的神秘化解读，都是一些如"亡秦者胡也"之类的政治预言。西汉末年天灾频仍，政局黑暗，人人都有幻灭之感，故而谶纬大行。王莽篡位也曾向其借力，但丧失人心后，大量谶纬倒回了刘姓，有的甚至指明"刘秀做天子"。不过，当这条谶语如暗河一般在帝国的地底潜行时，刘秀却顾自在老家割稻卖谷，根本不加理会。有次席间有人又说起这事，在大家猜测这个刘秀是不是国师刘歆时，他还戏谑地说："怎么知道不是我呢？"当场满座哄堂大笑。

关于这么一个本分人也起来造反，《后汉书》的解释是：眼看着王莽倒行逆施败局已定，天下必将大乱，想安生种田也不可能了；再说"刘氏复起"的谶语听得多了，刘秀多少也开始有些疑三惑四，这才用倒腾粮食的积蓄购置了军械。

直到骑上牛亡命天涯，刘秀也没太把那些谶纬当回事，至少不会将自己与其联系起来。他以为，即便预言当真会应验，也只可能应在大哥身上。

刘家老大刘縯平生慷慨豪侠，愤恨王莽篡夺自家基业，素怀复国之志，因此唯恐天下不乱——把刘秀比作刘喜的同时，他毫不掩饰地把自己比作高祖刘邦。

不过，之后的事态，与天下人，更是与刘家兄弟开了个大玩笑：被寄予厚望的刘縯，在起事的第二年，便被自己人处死了。

最终做了皇帝的，竟然是只想做个执金吾的刘秀。

登基之后，刘秀对谶纬的态度有了根本转变，从原先付之一笑，变成了狂热的倡导者。上至祭天封禅等帝国最高典礼，下至任命百官公卿，无不参考谶书而行。比如谶纬中有一句"王梁主卫作玄武"，刘秀就将一个名叫王梁的县令提拔为大司空，后来又看到"孙咸征狄"，有个叫孙咸的普通将军便走了狗屎运，一步登天，被拜为"平狄将军行大司马"，惹得其他老资格的将领相当郁闷。

历史似乎在重演：从前王莽闹出的诸多笑话中，有一个就是他根据谶纬指示，找了一个看城门的和一个卖饼的，拉了去封侯拜将，以充当辅佐新朝的"四将"。

其实一直有人指出以谶决政的荒诞，刘秀却铁了心捍卫谶纬的权威，所有敢于异议的官员都遭到了他的严厉惩罚。大学者桓谭只因一句"臣不读谶"，便激得刘秀勃然大怒，咆哮着命人拉下去砍了，桓谭磕头磕出满脑门血才勉强保住了命，当天就被贬出朝堂做一个小小郡丞，却已吓破胆，病死在了途中。

但成王败寇，王莽与刘秀岂可同日而语。后世学者纳闷之余，有人也为刘秀找到了提倡谶纬的理由：岂有创业之主如此迷信，还是一曲千年老调，不过宣扬正统天命，欺哄百姓，帝王的权术罢了。

不过，种种迹象表明，关于谶纬，刘秀绝不仅仅是舆论宣传那么简单，而是真正沉溺其中，不可自拔。

开国皇帝中，刘秀的文化程度名列前茅。少年在长安进过太学；打天下时，征战之余手不释卷；做了皇帝也不改学者本色，每每在朝会之后与文臣名宿讲论经理，一谈就到半夜，并时常亲自裁决学术争论。

刘秀用功最深的，还是谶纬之学。

他热衷搜集书籍，迁都洛阳时，运书的牛车竟然有两千多辆。而根据史书记载，那两千多辆车载的书，绝大多数都是"经牒秘书"。而这些所谓的"经牒秘书"，指的就是谶纬图籍。

《东观汉记》还记载了这样一件事。建武十七年，刘秀已经四十八岁，却依然勤学不辍，有次读书过久，还引发过中风——太子一直劝他注意保养，少读书多休息，可刘秀总说他乐在其中，根本不觉得疲劳。而《东观汉记》注明，刘秀"风发疾苦眩甚"时，读的正是"图谶"。

由此可见，虽然刚开始不甚理会，但刘秀整个后半生都在苦研谶纬。

从最初的置若罔闻，到将信将疑，再到最后的死心塌地，其间转折，应该萌发于昆阳。

昆阳之战，堪称东汉王朝的奠基之战，也是刘秀从幕后到台前的第一场表演。

八九千守军，外加万把七拼八凑的援兵，居然将王莽倾国而来的四十多万大军打得稀巴烂，无论怎么看，都像是个神迹。

当然，昆阳的胜利，可以找出很多合理的解释。比如莽军的轻敌，刘秀的勇气，但毫无疑问，异常气候在其中起到了相当重要的作用。

攻城之初，莽军又是挖地道，又是撞城门，鼓号如雷，箭弩如雨，气焰极其嚣张。但晚间忽有一颗巨大的流星突然坠入莽军大营，次日又有一团乌云，遮天蔽日而来，山崩一样陨落下来，离地不到一尺方才散去，唬得全营将士全都匍匐在地。按照传统兵书，坠星崩云都是大凶之兆，如今却接连而来，这对莽军士气无疑是一次重创。而军队一旦开始沮丧，形势往往便会发生逆转。

流星与怪云还只是前奏。趁着莽军惊惶不安，刘秀率领三千死士发起冲锋时，骤然电闪雷鸣风雨大作，树叶瓦片满天飞舞，声势之威连王莽带来的虎豹猛兽都吓得屁滚尿流，扭头就往自家营地逃，王莽军团阵势大乱，转瞬间一败涂地。

莽军合围之前，昆阳守将惊慌失措，甚至想作鸟兽散。"合兵或有胜算、分散势难保全"，当刘秀向他们指出保命的唯一策略时，大小将领还纷纷怒喝，质问他能有多少斤两，居然敢指手画脚大言不惭。而现在，面对着战场上漫山遍野的尸首与辎重，再看刘秀，他们却骇然发现，这个庄稼汉一般的后生，头顶似乎正在聚拢起一团若有若无的诡异云彩，连听他的声音，都似乎开始陌生，越来越高远，越来越清越，隐隐然有了几分龙吟虎啸的意思。

昆阳之后，幸运仍然延续。刘秀经营河北，羽翼未丰，被对手重赏通缉，只得落荒而逃。逃到滹沱河边，后有追兵前无渡船，窘迫之际，河水竟然结起了冰；刘秀大喜，赶忙踏冰而过——他刚到达对岸，河冰便塌陷了。

过河之后，众人迷惘，不知该往何处。这时道旁突然出现了一个老人，不仅给他们指了出路，还郑重勉励刘秀"努力"。《后汉书》记载，这位不知来历的老者身着白衣——在那个时代，一袭白衣往往代表着非人间的力量。

这一连串逢凶化吉的奇遇，连刘秀自己都觉得迷离恍惚，如在梦中。这种情形下，无论是谁，未免都会疑神疑鬼。很自然的，他再次想起了那条指名道姓的谶语，心情却极复杂，说不出是窃喜还是惶恐。

一路凯歌。局势进一步明朗后，众将准备拥戴刘秀称帝，可刘秀几次三番都不敢答应，直到有人再次捧出一道"刘秀发兵捕不道，卯金修德为天子"的谶文，才终于使他鼓足了勇气。登基时，刘秀登台祭天，宣读了一篇祭文。虽然只是形式文章，但一再声称自己其实不敢居此大位，也能透露出当时心情的忐忑不安。

某种程度上，刘秀宣扬谶纬，与其说希望臣民相信，不如说更希望自己坚信，以获取稳坐龙床的足够底气。

难怪刘縯常嘲笑刘秀胸无大志，的确，与刘邦当年以区区亭长，便敢扬言"大丈夫当如此也"的豪迈相比，刘秀确实有些缺少自信。

迷信谶纬，充分体现了刘秀对天命的敬畏。

史家赵翼曾经感叹，光武帝得天下看起来真的是太容易了，起兵不到三年，就登上了帝位，自古以来从没有谁这么快过。虽然他未将从称帝到统一的十二年算在内，但这样的速度，对于刘秀这样本无雄图，近乎被时势推着走的人，已然是腾云驾雾，最后当然只能将其归结于天意。

问题在于，天意从来高难问，今天选择了我刘秀，谁能保证明天不翻脸，换一个赵秀李秀？退一步说，今天好歹算是君临天下了，可谁能保证老天不是以另一种形式惩罚我，就像王莽那样呢？

对于刘秀，帝国就像一个从天而降的神器，本在期望之外，如今却歪打正着落在了怀中，吉凶实在难卜，只能竭力参悟护持，丝毫不敢轻忽放肆。

此外，当谶纬被认为是天意的传达方式时，刘秀在长安读的书，反而成了束缚自己的绳索，襟怀愈发舒展不开。

刘秀在太学主修《尚书》，打下了扎实的儒学基础；而如前所述，作为对儒家经书的神秘化解读，谶纬，在当时也极受学界重视，被称为"内学"，或者"孔丘秘经"，有一整套精致玄妙的理论体系，甚至凌驾于传统经典之上——

显而易见，谶纬之于刘秀，还另有一份文化的共鸣与威压。

这种约束是刘邦感受不到的。作为一个几乎不读书的半文盲，越是引经据典，越是高深雅致，他便越是嗤之以鼻。

如同对牛弹琴。

就像一头野牛，被鲜草美食引诱、穿了鼻环、套了重轭——

只要接受谶纬，抑或说其背后不可测的天意，也就决定了刘秀的龙床必然坐得拘谨而狐疑，在上面做出的每一项决定，都要反复考虑，是否上应天心。

"富贵不归故乡，如衣锦夜行。"与刘邦一样，刘秀也实践过项羽的这句名言。"修园庙，祠旧宅，观田庐，置酒作乐。"久别多年，刘秀的婶子姨娘们回忆起往事，感叹人生如梦。酒喝到酣处，一群老娘们纷纷放肆地叫着刘秀的字，相互议论："文叔小时候谨慎老实，腼腆不大说话，温温柔柔的，想不到居然能有今天！"刘秀听了，哈哈大笑，说："吾治天下，亦欲以柔道行之。"

刘秀的柔道，表面上可以理解为采取温和的姿态驭下，宽厚抚民，本质上，则是多一事不如少一事，尽量不惊扰不折腾的政治理念。这与当年刘邦大刀阔斧开宗立国，及汉武"朕不变更制度，后世无法"的慷慨改革，形成了明显反差。

到了后来，这位曾以三千死士冲击王莽四十多万大军的军事天才，竟然连仗都有些怕打了。平定陇蜀后，不到万不得已，他就不再谈论军旅之事，就连太子前来讨教攻战之法，也被骂了一顿，说这不是你能掌握的。

甚至不费一刀一箭,西域十八国集体组团,自动拜上门来要求依附,他都婉言谢绝,说是中国初定,自顾不暇,实在没有余力保护他们。

得知汉廷无意西进,当时西域的霸国莎车更是接连出兵,先败鄯善,后杀龟兹国王。鄯善国王再次上书长安祈求庇护,并明言,如果汉廷仍不干预,他们这些小国家就只有投奔匈奴了。刘秀回答:"东西南北,何去何从,你们自己决定。"

相比当年武帝不惜血本万里开边,刘秀的外交政策,实在令后人气短。

提起光武与汉武的比较,还有个细节引人深思。汉武帝曾为得到汗血宝马,发动过数十万人的远征西域;而刘秀,对马显然没有特别的热情,曾将一匹外国进贡的千里名驹,用来拉鼓车。

"虽身济大业,兢兢如不及。"(《后汉书·光武帝纪》)黄袍加身的刘秀,内心始终保持着紧张和克制,就像行走于薄冰之上,似乎随时都可能坠入深渊。

不求有功,但求无过。激情的潮水悄然退去,祖先的荣光逐渐成为传说,属于刘秀的帝国,袒露出了泥泞的底色。

然而,谶纬还不是捆住刘秀手脚的唯一枷锁。

建武十六年（40年）九月，统一只有四年的东汉帝国爆发了一场大范围叛乱："郡国大姓及兵长、群盗，处处并起，攻击所在，杀害长吏，讨之则解散，去又屯结。青、徐、幽、冀四州尤甚。"叛乱的起因，《后汉书》语焉不详，但如果联系头年发生的一场政治风波，还是能够勾勒出大致情况。

建武十五年（39年）六月，刘秀批阅奏章时，在陈留郡的公文中看到了一封信，上面只有几行字："颍川、弘农可问，河南、南阳不可问。"刘秀看了纳闷，便将有关人员诏见来询问，不料对方一口咬定只是街上捡来，不小心混入的，抵死不肯解释。他的儿子刘庄，也就是后来的汉明帝，当时正好在场，他提醒父皇，这应该是一份度田工作中上司的秘密嘱咐，一时疏忽夹着送了上来。

所谓度田，即核查全国真实的农田和户口数目，以整顿赋役税收，同时也缓解土地多寡过于悬殊的问题。但刘秀还是不能理解，即便度田，为何河南与南阳便不可问了；刘庄解释说，河南是帝城，近臣很多，南阳是帝乡，皇亲很多，他们的田宅数量远远超过了规定，很难核准。刘秀派人调查，地方官员果然与豪强地主沆瀣一气，度田时隐瞒大量田地，对百姓却极尽苛刻，连房舍道路都丈量进去，弄得怨声载道民不聊生；刘秀震怒，兴起大狱，处死了十多个州郡大吏。

这原本只是政府一次正常的打击腐败行动，不料，却引发了那场大叛乱。

整顿田亩其实是老问题，任何一个理智的君主都得面对，何况有王莽王田改制的惨败教训，刘秀的度田力度已经算是相当温和了。可饶是这样，还是惹恼了各地的豪族。如果像陈留郡原来设想的那样，捏几个"可问"的软柿子走走过场，他们尚能勉强忍了，可当刘秀揭破黑幕决心彻底清查后，一声唿哨，感觉土地财产受到威胁的豪族们顿时抱成一团，共同向朝廷发起了挑战。

叛乱终究还是被平定了，但刘秀也没有完胜。之后，度田虽然继续成为朝廷的定制，但仅由郡县官吏每年审查一次，完全流于了形式。

意味深长的是，平叛过程中，刘秀并没有穷追猛打，叛乱者五人共斩一人，便可免罪；也不追究叛乱所在地方官的责任；捕到首领，往往也不诛杀，只是将他们远远流放，切断其与原郡的联系就算了。完全是息事宁人的态度。

令刘秀心怀怯意的，除了头顶的天帝，还有地上的豪强。从六国贵族，到富商巨贾，到官宦世家，乃至洗底上岸的游侠流氓、土豪地痞，经过秦汉两百多年的弱肉强食积累壮大，早已盘根错节，如虬蛇一般牢牢攫持了大地，某种意义上说，皇帝不过是过客，他们才是永远的主人。

西汉宣帝之前，政府对待地方豪强尚属强硬，尤其是武帝时，凡资产超过三百万的都被强迫迁徙到茂陵,由皇帝亲自镇压;但元帝起,以一纸"安土重迁黎民之性"的温婉诏书,废止了这项坚持一百六十多年的制度;双方力量的消长,由此可见一斑。

刘秀完全知道与实力派硬碰硬会有什么样的后果,当年大哥刘縯,早就用自己的生命给他敲过了警钟。

虽然刘縯死于更始皇帝刘玄之手,但祸根其实早在起义之初便已经埋下。本来,无论威望、资格,还是能力,他都是被立为皇帝的首选,可因为他秉性刚强军纪严明,令很多散漫放纵的将领感觉不自由,宁愿立懦弱无能、易于控制的刘玄。二刘难并立,这才导致刘縯后来的被杀。

与豪强作对,不如与他们合作,王莽就是最好的前车之鉴。刘秀始终明白这个道理。为了笼络豪族,他甚至还牺牲过爱情。

昆阳大捷之后,刘秀如愿迎娶了他的女神阴丽华。他对发妻一生挚爱,但帝国的首任皇后却是郭圣通。

郭圣通是真定藁城人,世为郡中大族,她的舅父刘扬,更是实力雄厚的一大军阀,归属何方,直接影响到整个河北的政局——

阴丽华的委屈,为刘秀在关键时刻换来了新夫人娘家的十多万人马。

顺带提一句,刘秀在历史上以待功臣仁义,善始善终,没有像刘邦那样卸磨杀驴而被人津津乐道。除了性格原因,有一个事实常

13

被忽视：刘秀的功臣，与他自己一样，大多出身豪族，假如真要下手，任你再毒辣也得斟酌一番。

至于刘邦清洗的，韩信、彭越等，大都是些匹夫光棍罢了。

东汉政权，是在豪族支持下建立的，豪族，自始至终是皇族最大的合作者，这一直是学界的共识。

在这样的社会背景下，改朝换代并没有破坏豪族们的好日子，歌照唱，舞照跳，地照买，租照收；相反，他们势力得到了进一步扩张。

有学者统计过，由西汉延续到东汉的豪族大姓有二百一十三家，东汉公卿约有三分之二出自豪族。另外，还有这样一个数据，《汉书》与《后汉书》有传的，分别是二百五十人与四百二十三人；《汉书》的二百五十人中，地方属吏起家的约有四十五人，占百分之十八；而《后汉书》中，这个比例上升到了百分之三十二点六，几乎足足翻了一倍，而"这些出任地方属吏的，多是地方豪强，把持地方政府"（何兹全《中国古代社会》）。

他们把持的不仅是地方政府。西汉皇后大多出身平民，而《后汉书》所收记载的十七位皇后，除了一人贫微，二人不详，其余全部出自豪族大家；而东汉的外戚擅权，则是历代最严重的。

豪族拥有只效忠于自己的武装，所有的豪族庄园几乎都筑有坚固的壁垒,从刘秀开始,东汉十三帝,没一人能拆尽这些国中之国。到了汉末,董卓修筑的郿坞,甚至"高与长安城埒,积谷为三十年储。自云:'事成,雄踞天下;不成,守此足以毕老。'"。郿坞,便是豪强壁垒发展到极致的标本。

但不管怎么说,汉室终究是再造了。虽然刘秀比谁都清楚,为此自己做出了多么大的妥协和让步,也更清楚,到底是谁,真正替自己解决了土地问题。

虎口夺田,王莽做不到,刘秀同样做不到。即便刘秀再节俭,不饮酒、不听歌、不持珠玉、不尝美味、不巡游、不打猎,脚底的土地也不会如息壤一般凭空发酵。能让"耕者有其田"的,只有死神,扛着磨钝的镰刀、满载而归的死神。

"莽未诛,天下户口减半矣。"(《汉书·食货志》)

"世祖中兴,海内人民,可得而数,裁十二三。"(应劭《汉官仪》)

公元前6年,西汉政府做过一次人口普查,当年人口大约是五千九百万,考虑到一些隐瞒的黑户,全国人口至少在六千万以上。东汉建国二十来年后,政府再次进行了人口普查,全国人口数,却仅有二千一百万。

十户换一命,冥冥中自有一双看不见的手不停拨动算珠。战争,是重新分配有限资源的最粗暴形式,虽然残酷,但也最有效,每隔一段时间，就会重来一次。

饥者易为食，渴者易为饮；宁为太平犬，不做乱世人。幸存下来的人们，从刘秀手中接过一块块被血肉滋养得无比肥沃的零碎田地，仰天膜拜，痛哭流涕。

云开雾散，光武中兴。

虽然做不了雄主，刘秀毕竟还是一代明君。他知道，纵然无法动摇豪强根本，消灭不了土地兼并，但也不能放任自流，趁着新朝天子的声威，好歹要给他们戴上几个金箍。

除了加强吏治，用严格的律法约束豪族，让他们闷声发大财，得了便宜少卖乖，刘秀还有一些相当高明的举措，而且从条文上看，宅心仁厚冠冕堂皇，任谁也挑不出刺来。

刘秀的仁政，除了轻徭薄赋，最重要的一条就是宽待奴隶。每打下一块地盘，都要下诏释放奴隶刑徒，让在战乱中沦落为奴的人恢复平民身份，并规定凡虐待杀伤奴隶的都要处罪。仁心拳拳，但同时也是一把从豪强手中夺取人口的快刀。

其次，大幅度削减地方政府机构。理由是经过战乱，民间虚耗，根本用不了原来那么多长官——如前所说，"出任地方属吏的，多是地方豪强，把持地方政府"，裁减地方编制，并不仅仅只是为了节省朝廷财政开支。

后人对刘秀争议最大的改革，是他竟然废除了内地的郡县兵。建武七年（31年），刘秀下诏，"罢轻车、骑士、材官、楼船及军假吏，令还复民伍"，地方兵吏一律卸甲为民。如此不计后果削减武备，目的只有一个：宁愿虚弱国防，用兵捉襟见肘，也先得防止地方豪强勾结郡国军队割据叛乱。

这样够了吗？长舒一口气后，刘秀反复问自己。

他看到了龙床上的那堆书。

谈到两汉格局时，史家赵翼指出："西汉开国功臣多出于亡命无赖。至东汉中兴，则诸将帅皆有儒者气象。"他认为，造成这一现象的原因是：君与臣本皆一气所钟，故性情嗜好之相近，有不期然而然者，所谓有是君，即有是臣也。

也就是说，东汉的儒雅开局，除了儒学的地位在西汉后期继续上升，刘秀本人是最有力的推手。

对于统治者而言，儒学本身就具备一种秩序和规范的价值，正如贾逵在主张《左传》立为官学时指出，学习儒家经典，可以"崇君父，卑臣子，强干弱枝，劝善戒恶"。不过刘秀并不就此满足，他推行的儒学，是谶纬化的儒学经学。

换句话说，刘秀要把孔子真正捧上云端，做他的帝国守护神。

上有好者，下必甚焉。很快，孔子的形象急剧朝向神怪转变，海口，龟背，虎掌，骈齿，天上地下，前后千年，无所不知无所不晓,俨然一位通天教主。

或许有人藐视皇权,但又有谁敢对抗天意。刘秀相信,既然这些经书镇得住他,也就同样能够镇得住天下人。只要捧起书,再蛮横的豪强也会慢慢垂下头去。

十年树木,百年树人。刘秀之后,明帝要求"功臣子弟,莫不受经";章帝则召集群儒,大会白虎观,将帝国的学术基础总结成董仲舒的"三纲六纪",再次强调"君为臣纲",皇权上应天命,神圣不可侵犯。

用义理和神话,刘秀为自己的帝国烙上了金光闪闪的封印。

刘秀祖孙用心良苦的文化政策,所收到的效果,对比史籍中对豪强的称谓变化便能得知。《史记》《汉书》:"大猾""宿豪大猾""豪猾""豪奸""豪暴""强宗大奸";《后汉书》:"豪贤大姓""名士""缙绅""阀阅""世家冠盖"。

而对于刘秀利用经学改造豪强臣民,日本学者本田成之却也有自己的看法:"在经学精神文化所到之处,人成就了秩序的优雅的同时,多少有些成为柔弱的倾向。"他感慨:"后汉的人物虽然都高雅,但如前汉那样魁伟雄杰的很少。"

书声琅琅中,一个曾经豪迈不羁的王朝,一点点开始萎缩,开始佝偻。

东汉王朝,在它诞生的第一天,就显露出了龙种老态。

或许，这就是刘秀所希望的：

朕的一切，都要与子民分享，包括背上那驾重轭。

公元 57 年，刘秀崩于洛阳南宫前殿，享年六十二岁。临终遗诏说："朕无益百姓，丧葬事宜，一切都要像孝文皇帝那样，务从俭省。刺史、俸禄二千石的官吏，都不要离开治地，也不要派官吏前来吊唁。"

在逝世的两年前，刘秀终于完成了谶纬的全面整理工作，并将其宣布于天下。

刘秀颁布的图谶共八十一篇。他严厉警告，这已是九九大数，从今往后再不增设，若有新作新解，皆为妄人捏造——

一旦发现，杀无赦。

相关史略：

公元 23 年，二月，绿林诸将立刘玄为帝；八月，王莽死，新朝亡；十月，刘玄建都洛阳。次年迁长安。

公元 25 年，六月，刘秀据河北称帝；赤眉立刘盆子为帝，九月陷长安，杀刘玄。

公元 27 年，刘秀遣大将冯异击赤眉于崤底，赤眉大溃，降汉。

公元 36 年，东汉大将吴汉陷成都，公孙述战死，全国统一。

公元 37 年，刘秀大封功臣三百六十五人，外戚恩泽四十五人；功臣除任边将之外，均削夺兵柄，居京城以列侯奉朝请。

公元 38 年，莎车、鄯善等王遣使入朝中国，请重设西域都护，刘秀不许，西域诸国渐附匈奴。

公元 41 年，刘秀废郭后，改立阴丽华为皇后。

公元 56 年，刘秀封禅泰山，宣布图谶于天下。

公元 79 年，章帝集诸儒于洛阳白虎观，讨论五经异同，连月始罢，成《白虎通义》。《白虎通义》融合今文、古文经学与谶纬，继承发挥《春秋繁露》的"天人合一""天人感应"，把自然秩序和社会秩序紧密结合起来，提出了完整的神学世界观。

开玉门

再次见到玉门关时,那条雄壮汉子,已是满头白发的衰朽老人了。

自从这座方正的土城在视线尽头遥遥升起,班超就不由自主地颤抖起来,中过风的嘴角不停抽搐;好容易熬到距离关门只余一箭地,他就迫不及待地下了车,并拒绝儿孙搀扶,独自扶着杖,一步步挪到关下。

玉门依旧,敦煌依旧,守关的将士也挺拔依旧,一切宛如那个起风的午后。仿佛只是转一个身,一生便如流沙从指间滑落,曾经的激情与梦想,统统被风干成了大漠深处的一蓬枯草。

抚摸着粗糙的黄土城砖,班超老泪纵横。

东汉永元十四年(102年)八月,西域都护班超回到洛阳,次月病故,终年七十一岁。

作为汉廷最西边的关塞，无论将西域圈定为广义的亚洲中西部，抑或狭义的葱岭以东，和阳关一样，玉门关都是起点——这两座关城就像帝国的一双眼睛，随着它们的开阖，或是决眦遥望，或是垂睑内省，以不同姿态面对着西方。

在汉字中，每个方位词都有专属的文化意义。依照五行学说，西，意味着杀伐和萧瑟，几乎每个带"西"的词语，如夕阳西下、古道西风，多多少少都令人感觉荒芜和凋零，有种带着凉意的哀伤；并且随着距离远去、交通艰难，这种情绪还会无限放大，直到无边无涯、填满整个天地。因此，对于汉族人，往玉门外迈出的每一步都包含着放逐；他们因此给西域的山岭起了诸如此类的名字："大头痛山""小头痛山""赤土、身热之阪"。有位大臣还曾如此形容过某段西域的道路：山径只有一尺六七寸宽，紧挨着万丈悬崖，行人只能用绳索相互牵引，摸索而行，人畜一旦坠落，还没掉到一半就会被尖刀般的岩石割得粉碎，连尸骨都无法收拾。

但这块在汉族人眼里弥漫着伤感和死亡气息的广袤大陆，并没有被造物主彻底遗弃，除了黄沙雪山，也有冰川和绿洲。而这些小岛一样散落的绿洲上，同样分布着城郭和居民——令汉族人骄傲的是，在班超的经营下，这些建立在绿洲上的大小国家，悉数臣服了汉王朝："西域五十余国悉皆纳质内属焉。"

班超因此被封为定远侯。而他率领三十六壮士西出玉门，入虎穴探虎子，居然纵横捭阖镇服万里，更是在西域成为妇孺皆知的传奇。随着驼铃和琵琶，班超的名字连同汉廷的声威，被传播到了沙漠的每一个角落。

可以说，公元初的头两个世纪，整个西域都被烙上了鲜明的班氏印记。

然而，如果我们细读一下班超最后的奏折，却会感到有些意外：原来，这位事实上的西域之王，到了暮年，面对这片在他面前俯首帖耳的土地时，心中竟然隐藏着一分畏惧。

只是这份畏惧，被一个老人刻骨的思乡之情所掩盖，不易被人察觉。

"臣不敢望到酒泉郡，但愿生入玉门关。"

永元十二年（100年），六十九岁的班超上疏求归。在奏章中，他除了一再哀诉思乡心切，也提到自己年老体衰，随时可能死去；死于驻地，他并不敢怨恨，但"蛮夷之俗，畏壮侮老"，他担心后人因为自己最终"没西域"的结局而玷污了汉廷的荣誉——这里的"没"，意指失败。

奏章递上，如泥牛入海。三年后，班超的胞妹班昭也伏阙上书，说明兄长在异域已有三十年，同时代的人都已去世，班超本人也身患重病，命在旦夕："衰老被病，头发无黑，两手不仁，耳目不聪明,扶杖乃能行。"恳求皇帝垂怜,召还班超。同时,她重复了"蛮夷之性,悖逆侮老",提醒皇帝,班超已经力不从心,一旦去世,恐怕会"开奸宄之源,生逆乱之心""上损国家累世之功,下弃忠臣竭力之用,诚可痛也"。

撇开这两份奏章的感情色彩,有一个事实不容忽视,那就是班超兄妹都清醒地认识到,西域并不像表面看起来那么顺服,每个沙丘都可能埋藏着叛逆和阴谋;正如当年相士对他的预言"飞而食肉",班超这么多年所做的,在本质上,其实属于居高临下的镇压。

而班超自己最清楚,他已然老迈,精力消耗殆尽,很快就要控制不住了。

两汉西域,班超无疑是最成功的统治者,但即便在他的巅峰时代,万里来朝背后,在中土和西域之间,照样深埋着隐秘的杀机——

就像无数条毒蛇,不动声色地蛰伏在厚厚的沙层底下,随时可能反噬。

班超对西域叛乱的警惕同样显露在他的临别嘱咐中。当他终于获准回国,与继任都护任尚交接时,任尚向他讨教经验。班超告诉他说,远赴塞外的官员士兵,都是因为犯罪而被充军的,本来就不是什么孝子顺孙;而西域诸族,都怀着鸟兽之心,难养而易败;因此他提醒任尚,水清无大鱼,凡事不能太过严格,"宜荡佚简易",

对小毛病睁一只眼闭一只眼，掌握底线就行。

汉军素质高低暂且不提。值得注意的是，提及西域各国，班超不仅评论说他们怀鸟兽之心，难养易败，还用了"蛮夷"一词。显然，直到离开，班超也未能真正融入西域，甚至对西域仍然保持着最初的隔阂和敌意。

关于班超建议的"荡佚简易"，有个细节常常被后人忽视。班超时，西域都护府驻扎在龟兹国的它乾城；但班超之后，西域副校尉梁慬认为它乾城太小，不够坚固，便说服龟兹王允许他们进驻龟兹王城；但此举引起了龟兹举国不满，龟兹吏民合兵数万围困汉军；双方连兵数月，梁慬斩首万余级，方才平定了这场骚乱——反过来，我们可以推论，即使在班超威望如日中天之时，也未曾将府衙设置在某一国的王城之内。

可见，就像有经验的驯兽师对待牙爪锋利的猛兽，班超始终与西域保持着恰到好处的安全距离。只要没有根本性的大是大非，他尽量不去刺激西域的任何一条敏感神经。

事非经过不知难。望着班超远去的佝偻背影，任尚不以为意地对属下说道：

"我本以为能从班君那里听到些神机妙策，原来只是些平常之论。"

不听老人言，吃亏在眼前。班超征返短短几年之后，西域果然发生了大规模叛乱；汉廷召回任尚治罪，并因此关闭玉门，"罢都护，后西域绝无汉吏十余年"。

重回西域的号角要到班超逝世的二十一年后才再次响起，而这一次主角是他最小的儿子班勇。以西域长史的身份，班勇开启了尘封已久的玉门关。

虎父无犬子。很快，诸国悉平城郭皆安，汉王朝重新确立了在西域的领导地位。这两代人几十年的波折，便是东汉西域"三绝三通"的其中一绝一通。

然而，汉廷对班勇这次大获全胜的圆满西征，起初态度却相当犹豫，充满了质疑和试探。事实上，站在朝廷的角度，班勇的任命，完全是一个危害成本核算后无可奈何的决定。

视国土为神圣不可侵犯的现代人可能很难理解，自西汉后期开始，对于玉门关以西，汉廷便慢慢失去了开疆拓土的激情；进入东汉后，每当西域有点风吹草动，关玉门绝西域的论调更是甚嚣尘上，甚至会成为朝野的主流意见。理由不外是那块土地太烧钱，如此遥远的距离，输送人员物资的费用实在太高，况且西域诸国贪图我大汉财物，我大汉却无求于他们，"得之不为益，弃之不为损"，花大本钱和他们打交道太吃亏了。

当然，反对放弃西域的人也大有人在，班勇便是其中的代表。

元初六年（119年），在一次专门朝会上，他与主张关闭玉门的公卿大臣进行了一次激烈的辩论。

辩论中，班勇提醒列位大人注意这样的事实：如若自行退回玉门关，那么西域诸国势必被匈奴裹挟，南下侵汉；他当堂演算了这样一笔账："西域之人无它求索，其来入者，不过禀食而已。今若拒绝，势归北属，夷虏并力以寇并、凉，则中国之费不止千亿。"

这真是一笔烂污账，怎么算都亏血本——当时当家的是邓太后，老太太皱着眉头在肚里打了百八十遍算盘，末了一声长叹，罢了罢了，能少亏就少亏点吧：

"复敦煌郡营兵三百人，置西域副校尉居敦煌。"

虽然班勇的辩论取得了胜利，但汉廷对经营西域还是很有些心不甘情不愿，每次投资都像挤牙膏；如此勉强将就了五年，才轮到倡议者班勇出场。

只给他配备了五百名大兵。

班勇的辩论和汉廷被动的选择，都说明了西域之于汉廷最根本的意义：

国防安全——汉廷最想从玉门关外获得的，不是金银钱财，不是异域特产，甚至也不是诸国的归附朝拜，而是本土的安全。

其实，这也是汉武帝开通西域的首要原因。

建元三年（前138年），汉中人张骞手执汉节，率随从百余人，从长安起程出使西域。武帝交给他的任务只有一个：联系西域诸国，尤其是大月氏，共同夹击匈奴。用张骞的比喻，就是绕到背后，截断匈奴的右臂。

虽然并未收到预期目的，但张骞对西域山川、地形、人口、风俗、物产等情况的详尽报告，首次将笼罩在那片遥远土地上的神秘浓雾揭开了一角，从此西域从《山海经》的迷离传说中走出，真切地进入了汉族人所能理解、所能触碰的人间。不可否认，西域初通，对于汉廷朝野，尤其是精力旺盛、一生好奇的武帝，所带来的巨大惊喜；不过，万里凿空的激动并没有维持多久，很快，汉家君臣就恢复了冷静。他们将张骞带回来的一个个陌生而拗口的国名，用规范的隶书书写，仔细地填入了作战地图。而那张狼烟滚滚的地图，所有的线条符号，再怎么曲折迂回，最终都指向匈奴。

应该说，正是因为汉匈之间的战争，探索西域，才真正被提到汉廷的议事日程上来；而两汉史书对于西域的所有记载，也始终围绕着这场两大民族间旷日持久的拉锯战进行剪裁。

比如公主和亲是为了争取盟友，征大宛取天马是为了改良骑兵马种，甚至在皇家花园大面积种植苜蓿也是为了培育优质牧草——汉廷与西域有关的所有行动，都有着针对匈奴的强烈目的性。可以说，西域在公元前后的两百多年历史，几乎就是一部汉匈在西域的势力消长史。

从这个角度，我们更容易理解刘秀在建武二十一年（45年）对西域诸国主动依附的拒绝。既然那时匈奴已经衰落，无力对东汉构成太大的破坏，那么处在汉匈当中的西域，就像一盘胜负已分的棋局，随着对手的遁逃，棋盘也就黯然失色了。

一张过期的棋盘遭遇一位俭省的君王，西域被遗弃的命运已经难以改变。两年后，鄯善王再次上书，请求汉廷派出都护。刘秀答复说："今使者、大兵未能得出，如诸国力不从心，东西南北自在也。"

保守不一定是贬义词，对势力范围的自我割舍，也不一定会遭到国人的谴责。班超的兄长、史家班固就热烈拥护刘秀关闭玉门休养生息的保守政策。对此，他还在文化方面，对西域的性质进行了剖析。

班固认为，西域与中土，其实分属于两个不同的世界，二者之间的沙漠戈壁，就是"天地所以界别区域，绝外内也"；况且当年大禹划分九州时，也未把西域列入，并不要求西域朝贡中原；因此，汉廷对西域，不应该贪图虚名强求臣服。

为了证明刘秀放弃西域的正确性，他还特意拈出了汉武帝作为对比。说武帝四处开边，看起来花团锦簇热火烹油，实质上已经重伤了帝国的元气，导致"民力屈，财力竭，因之以凶年，寇盗并起,道路不通",汉家天下几乎就此断送。总之,中土西域内外有别,作为一个合格的君主,首要的是治理好内政,让子民安居乐业,绝不能被异域风光迷惑了双眼,激发了野心,不到迫不得已,尽量不要劳民伤财万里用兵。

班固的观点很有代表性。在他之前,大臣杜钦早就发表过同样的意见:"圣王分九州制五服,务盛内,不求外。"而在他之后,另一位杰出的史家范晔,也称西域为"天之外区"。事实上,将西域隔绝在九州本土之外,一直是最正统的汉族文化地理观。

一句话,对于汉廷,或是抵御进攻的缓冲地带,或是迂回包抄的侧面战场,开通西域的最大价值,纯然在于抗击匈奴的军事需要。一旦边塞危机解除,在理智的汉族人政治家眼里,西域就沦为了食之无味、弃之可惜的鸡肋——直到几十年后,乘虚而入的匈奴羽翼重又开始丰满,感到威胁的汉廷才再次决定对西北用兵。

价值决定战略。既然目的如此明确,那么汉廷经营西域的每一个动作,自然不可避免地表现得直接而功利。

玉门关的得名,据说是因为西域玉石的输入。对于玉石,中国人有着独特而悠久的审美标准。他们理想中的美玉,应该温润,柔和,就像一位品德高尚的谦谦君子——应该只是巧合,汉族人书写的史书,分别用这种贵重高雅的矿石和气味泼辣的植物(野葱),

标注了他们所理解的西域东西两端；但某种意义上，这样的定位相当准确地概括了中土与西域最明显的区别。

玉门关以东，内敛，光滑；玉门关以西，奔放，粗糙；以玉门为界，根据行走方向不同，礼制与野性背道而驰——好比美玉还原成璞石，西去的过程，也就是礼仪规范逐渐甩脱、原始人性逐渐复苏的过程。

而这种蜕变的直接后果，就是进入西域的汉族人，或多或少，几乎都流失了中土根深蒂固的道德约束，只要能达到目的，往往不择手段。

不必提那些"本非孝子顺孙"的鲁莽军卒，我们不妨看看班超。班超出生在一个文化修养极高的家庭，父亲班彪，兄长班固，妹妹班昭，都是第一流的大学者，他自己也从小熟读经史，饱受以儒学为基础的中土文明熏陶。然而，纵观他对西域的治理，除了令人惊叹的胆勇和谋略，丝毫看不出儒学影响，相反却能找到很多违背儒家道义的行为。这一点在他征服焉耆的战役中，表现得尤为突出。

和帝永元六年（94年）秋，班超调发龟兹、鄯善等八国军队七万人，进攻焉耆——这是他在西域最大规模的军事行动。行军途中，班超遣使通告焉耆国王，说你们如能改过向善，派大臣迎接，可得厚赏。经过试探后，焉耆王亲率高官，带上礼物远迎班超。可是，当班超的部队行进到距离王城只有二十里地时，他受到了惊吓，便想逃入山中顽抗。这时曾经入质京师的一位焉耆贵族，连忙派使者向班超报告了这一消息。不料，班超竟然下令斩杀了这名使者，表示不相信他的情报。接着，班超定下日期，摆酒大会诸国国王，声称到时将对来客厚加赏赐。焉耆王等信以为真，一起到会。众人刚坐定，班超突然变了脸色，喝令武士把焉耆王连同不服汉廷的尉犁王等人全部斩杀，传首京师，随即纵兵抢掠，斩首五千余级，掳获活口一万五千人、牲畜三十余万头。

此役夯实了班超在西域牢不可撼的地位，战果之辉煌不必赘述。然而，即使不以孟子"行一不义、杀一不辜而得天下，皆不为也"的标准来衡量班超杀害报信使者，也不批评他对焉耆的残酷屠戮，这次诛伐，本身已经建立在欺诈和诱骗的基础之上，全然没有"王者之师"的堂皇正大。

其实，班超的做法并非孤例。早在一百多年前，另一位著名的汉使傅介子就有过类似行动。而这位傅介子，正是激励班超入西域的精神偶像："大丈夫无它志略，犹当效傅介子、张骞立功异域，以取封侯，安能久事笔砚间乎？"

西汉昭帝时，龟兹与楼兰联合匈奴，劫杀多名汉朝使臣。傅介子得知，上书朝廷，自愿出使西域，奉汉帝诏令责问两国；而最终令他以民族英雄的形象走入史书的，则是他的刺杀楼兰王。出使时，傅介子带了很多财帛，扬言是赠送外国的礼物。楼兰王贪图汉朝财物，一改之前的戒备，连忙赶来会见，双方同坐饮酒，气氛十分融洽。众人酩酊大醉后，傅介子对楼兰王说："我们的皇帝命我私下和您说句话。"楼兰王毫无戒备，闻言便起身跟着傅介子进入帐中——帐门刚一拉上，傅介子事先安排的武士便一剑将他刺了个对穿。就这样，傅介子带着楼兰王的头颅回到了长安，昭帝下诏褒奖，并封他为义阳侯。

千年之后，司马光修《资治通鉴》，写及此事，心里很不是滋味。他评论道：楼兰王既然有罪，就应当兴师征伐，光明正大地予以惩罚；如今却用钱财诱杀，之后西域诸国还会再相信汉家的使者吗？况且，以大汉之强盛，却采用如此盗贼行径，也实在太令人难堪了！

"以夷狄攻夷狄，计之善者也！"这是班超早年向汉帝建议的治理西域宗旨。此处的夷狄，不仅限于异族的人马军队，也应该包括他们的行为准则——汉族人倨傲地认为，夷狄根本没有资格与自己遵循同一套道德秩序。

基于文化的歧视，纵览两汉西域政策，我们很难找到教化方面的实质措施，朝廷向西域派遣的官员，也大都是赳赳武夫，很少有儒生文士。即使雄才大略如汉武帝，似乎也对文化传播的缺失视而不见，有时甚至不惜改变己方的原则来迁就胡俗。

公元前 108 年，为了分解匈奴势力，汉武帝将宗室之女细君公主远嫁乌孙；短短几年后，年老的乌孙王做出了一个在汉族人看来荒谬绝伦的决定：他竟要在自己活着时把夫人细君改嫁给将来继承王位的孙子！细君公主近乎崩溃，上书武帝，要求朝廷出面制止如此禽兽般的乱伦；不料日盼夜盼，最后得到的回复却是："从其国俗。"

细君之后，和亲的汉室公主延续了这种悲惨的命运。著名的解忧公主，在西域生活五十多年，竟然先叔后子辗转三嫁，受尽了汉族人难以想象的屈辱。

"吾家嫁我兮天一方，远托异国兮乌孙王。穹庐为室兮旃为墙，以肉为食兮酪为浆。居常土思兮心内伤，愿为黄鹄兮归故乡！"（《悲愁歌》）

文化错位造成的痛苦是双向的。

既然汉家的伦理纲常没有随着军队一起西出玉门，那么对于西域诸国，这样的现实便不容回避了：大部分时候，他们的命运不受某种相对稳定的规则保护，而更多取决于西域都护的个人素质。

当然，汉室政治清明时，都护人选必然会经过慎重考虑；可一旦朝廷自顾不暇，关于西域长官的任命也就难免草率随意了——悲哀的是，任何一个王朝，总是治时少乱时多。

如果说，与横征暴敛、视西域诸国为奴仆的匈奴比较——匈奴治理西域的官职名称就叫"僮仆都尉"——汉族人更像是一个欲望不强的秩序维持者；那么，随着遥远东方衰世的到来，西域与中土的交往，就好比一只锈迹斑驳的齿轮，被粗暴地转动，也慢慢变得甜少而苦多。

西汉平帝元始年间，因遭受邻国欺凌，婼羌国国王唐兜向西域都护但钦告急；但钦没有及时救援，唐兜只能东逃玉门关，但关吏拒绝放他入关，唐兜走投无路，只得带着族人投奔了匈奴。当时王莽掌权，派人向匈奴讨回唐兜，召集各国国王，当众斩首。

新莽始建国二年，王莽派遣广新公甄丰出使西域，车师后王须置离因国力贫微，担心无法满足这位当红权贵的接待要求，便想逃亡匈奴。戊己校尉刀护得知，就把须置离召来讯问，随即把他装入囚车，槛送都护府治罪——须置离被押送时，车师后国的人民都知道他们的国王再也回不来了，举国哭送。果然，一到都护府，须置离便被都护判处了死刑。

开通西域，对于婼羌、车师这样的小国，或许真不是件幸事。很符合逻辑的，引入汉族人的道路成了他们发泄怨气的目标。同样在西汉平帝时，戊己校尉徐普找到了一条经过车师后国直通玉门关的新道。这条道路可比原来缩短一半，还能避开一个大戈壁。但是，当时的车师后王姑句担心新路一旦开通，频繁的送往迎来将会拖垮他并不宽裕的国家，便采取了不合作的态度，对徐普的修路工程百般敷衍不予配合。最后，姑句与唐兜一起被绑上了法场——令姑句稍感慰藉的是，那条路最终也没有修成，西域也未能因此而拉近诸国之间的距离。

看似荒谬的是，某种程度上，班超竟然也是姑句的同志——虽然立场不同，但他们都在有意无意地阻碍各国交往，以防止西域的凝聚。

东汉永平十七年（74年），班超来到疏勒，抓住了疏勒王兜题。兜题是龟兹人，为匈奴所立，班超改立的疏勒新王和臣民一致要求将他杀掉；但出乎他们的意料，班超放还了兜题。《后汉书》在叙述完这件事后，意味深长地总结了一句："疏勒由是与龟兹结怨。"

班超的用意，班勇自然心领神会。东汉延光四年（125年）冬，班勇发鄯善、疏勒等国兵，攻击匈奴呼衍王，捕获单于从兄。班勇命令车师后部王加特奴亲手斩杀了这位倒霉的大人物："以结车师、匈奴之隙。"

班超父子这种故意树敌、相互钳制的策略，大概可以从以下数据看到效果：

据司马迁统计，汉武帝时，张骞所能了解的西域国家，共有三十六个；而这个数字在班超的时代，上升到了五十多个。这样的数据变化，隐含着一种非常态的倒退——依照历史趋势，某块区域内的零散小国，最可能的发展趋势是彼此兼并或者相互融合，而不是继续分裂。(东汉末年，汉室失去对西域的控制后，西域诸国很快开始兼并，到曹魏时期，只剩下三十来个国家，分属五大政权)

当然，这其中也可能有某些国家在张骞之后才陆续被发现，也可能由于其内部争斗而决裂，但汉廷对西域煞费苦心的离间和拆分，应该也是重要原因。

国家是精神的产物。

一盘散沙，无法凝聚成形，便于随意拿捏；然而，沙地之上，同样不能建造高楼——甚至连脚印都留不下来。

班超曾经有过雄心，将汉家军旗插到他所能到达的任何地方，甚至还想率师挺进到世界边缘，探索神秘的日落之处。但他注定难酬壮志。用一位法国学者的话说，在当时的西域，"任何人都不会得到任何巩固的成果"，我们伟大的班超将军也不例外。在西域三十年，他几乎一直在不知疲倦地征战：从这个绿洲到下个绿洲，再从下个绿洲，回到这个绿洲：

"当班超刚刚征服了蒲昌海和于阗之后，他又需要重新征服莎车和疏勒；当疏勒刚一附汉，位于塔里木北路的高昌和龟兹又开始叛离。"(布尔努瓦)

后人已经无法探究，这种看起来像是重复绕圈的行军，会不会令班超感到厌烦，甚至沮丧。不过，我们相信，这已经足以磨灭他对西域的任何温情，抑或说，这能够使他比任何人都更清晰地看穿，所谓温情背后的冷酷真相。

的确，那样的离别场景令人热泪盈眶：因"汉使弃我"而引刀自刎，"依汉使如父母"般抱马腿痛哭；然而，班超也知道，"汉使弃我"后面还有一句：如若汉使撤退，"我必为龟兹所灭耳"。

一切只是海市蜃楼。不惜用生命来挽留的真情背后，依然还是利害的权衡。

涩涩一笑，班超勒住了缰绳。当他调转马头，回望刚刚离开的城门时，城墙已然插上了敌人的旗帜。

这或许能够解释，为何在生命的末年，离别真正到来时，班超还是将这块土地上的人民视作"蛮夷""鸟兽""难养易败"。

当然，我们不能苛求班超，谁也不能超越时代。

不过，我们也应该看到，随着玉门的开阖，这片由绿洲和沙漠组成的浩瀚海洋，同样在悄然发生着改变。

西汉宣帝时，解忧公主的女儿被送到长安学习古琴，回来时路经龟兹；龟兹王绛宾一见倾心，留下了她，并向她求婚。婚后，这对恩爱夫妻入汉朝拜，在长安住了一年多。回到自己的国家，绛宾按照汉族人的风格重新修造宫室，穿衣吃饭出入传呼，完全按照汉家礼仪。为此，他受到了邻国的讥笑，说他驴不像驴，马不像马，简直就是一头骡子。但绛宾不以为意，还给儿子取了个标准的汉名"丞德"。绛宾死后，丞德称自己是汉家的外孙，与汉廷关系十分亲密。

随着西域与中土交流的增加，绛宾的行为被越来越多的人接受。比如莎车王延，也非常倾慕中土，不仅努力学习汉族人的典籍法律，还经常告诫儿子，应该世世代代效忠汉家，永远不可背叛。

无论讥笑还是倾慕，文化就像一条河流，只要有了缺口——比如玉门关——渗透，进而浸漫、汇合，任何人都阻挡不了。

只是，在这片沙漠上，一粒种子要长成参天大树，需要更漫长的时间。

东汉永建二年（127年），班勇请求出兵，征讨唯一没有归附的焉耆，顺帝应允，并遣敦煌太守张朗发兵配合。班、张分别从南北两道行军，张朗有罪在身，为赎罪兼程急进，提前到达焉耆，不等班勇便开始猛攻，逼降了焉耆王。结果张朗立功免罪，而班勇却以"后期"之罪下狱，赦免后不久，在家中悒郁而死。

此后，随着东汉政权日益腐朽，西域诸国逐渐离心，在灵帝后期终于中断了与中原的关系。

玉门关再一次黯然掩阖。

然而，世界上已经再也没有一道关城，能够阻挡东去西来的脚步。

暗夜里的驼铃声，响得如此悲凉，却又如此倔强。

相关史略：

公元前138年，武帝遣张骞出使西域，13年后返回长安；初行百余人，生还二人。

公元前48年，西汉设戊己校尉，为驻车师屯田的长官。戊己之意，谓甲乙丙丁庚辛壬癸皆有相应方位，戊与己则无，戊己校尉驻地常有移动，故名。

公元前53年，罗马帝国执政官、叙利亚总督克拉苏远征安息，双方会战于卡里，罗马军团大败，克拉苏身亡。战争中，安息人忽然展开军旗，军旗在正午阳光下耀眼刺目，罗马人前所未见，军心大溃；据西方史家考证，此旗为中国丝绸所制。

公元前60年，命郑吉总领西域南北两道，故号都护。西域都护置始于此。

公元73年，明帝遣窦固等四路出击北匈奴，班超投笔从戎，以假司马率偏师斩获甚众；窦固因遣其率吏士三十六人出使西域，于鄯善斩北匈奴使臣，进驻于阗。西域与中国绝六十余年，至是复通。

公元75年，明帝卒，北匈奴攻戊己校尉耿恭驻地金蒲城，不克而退；鄯善、龟兹亦趁汉丧攻杀都护陈睦；章帝遂撤销西域都护及戊己校尉，征召班超回京；班超行至于阗，于阗王侯以下皆号泣挽留，班超遂还，再定西域。

公元77年，罗马学者普林尼《自然史》发表，其中有关于中国人（赛里斯人）的记叙："他们的体形超过了普通人，红头发，蓝眼睛，嗓门粗，没有互相交流思想的语言。"

公元83年，章帝遣卫侯李邑与乌孙结好，李邑始至于阗，恐惧，不敢西行，上书言经营西域不会成功，并谗毁班超"拥爱妻抱爱子，安乐外国，无内顾心"；班超闻之不胜感叹，"遂去其妻"。章帝不信谗言，斥责李邑，并令其至班超处听从调遣，班超遣之回京。

公元87年，安息国向章帝进献狮子及条支大鸟（鸵鸟）。

公元95年，和帝封班超为定远侯，食邑千户。

公元97年，班超遣甘英出使大秦（罗马），至波斯湾，为安息人以西行艰难遥远吓阻，不敢渡海而还。

公元166年，大秦王安敦（罗马安敦尼王朝皇帝安东尼·庇乌斯）遣使来华，朝见桓帝，献象牙、犀角、玳瑁。也有史家认为，此举为罗马商贾为求通商，冒名为大秦王使。

白马西来

初唐的敦煌壁画中,有一幅是关于张骞出使西域的。分为三个场景:除了张骞拜别武帝和持节远去之外,画面主要的位置,描绘了汉武帝在甘泉宫礼拜金佛;而在壁画最上方,排列着两行莲台,每座莲台上,都趺坐着一位庄严的佛陀。

已经无从得知壁画的作者是谁,漫长的时光,也已将武帝、张骞的面容腐蚀得模糊不清,所有人的表情都隐入了深浅不一的褐色;但斑驳的线条,依然能够传达出画师下笔时的虔诚和宁静。

毫无疑问,这位一千多年前的无名画师,将张骞的远行诠释成了一次面向西方的朝圣和求法,就像他所知道的玄奘大师那样。

不过,每个稍通历史的人都知道,这幅画其实只是画师自己美好的想象:伴随着张骞使团渐行渐远的,绝不是祥和的佛光,而是冰冷的杀气——替大汉帝国寻找夹击匈奴的盟友,才是他西行唯一的使命。

至于汉武帝甘泉礼佛，更是不可能发生：在武帝和张骞的时代，整个大汉帝国，应该没有人能够知道，所谓的佛，究竟是何方神圣。

更确切地说，连"佛"的尊号，当时都还没有在中华大地上出现——直到东汉许慎的《说文解字》，还将"佛"字解释为："见不审也。"

审，意为确切清晰。武帝逝世近两百年后，汉族人见"佛"，仍如雾里看花，满眼迷茫。

老子留下《道德经》五千字后，出函谷关继续西行，从此不知下落。

这是《史记》中关于老子最后的记载。不过，不知什么时候开始，这样一个说法悄然流传开来：老子骑着他的青牛，出河西，过西域，一路向西，最终到了天竺，收了几个徒弟，其中最大的名叫释迦牟尼——还有一说是老子自己投生到净饭王妃腹中，出生后即为释迦牟尼，建立了佛教。

若依此说，释迦牟尼不过是老子的一个化身。不过，也有反说老子真身是佛陀弟子迦叶，奉乃师之命来华传道；同行的两个师弟，则分别化成了孔子和颜回。

佛教究竟何时传入中国，两千年来一直争论不休。尤其魏晋之后佛道两家竞争加剧，为了贬低对手，纷纷编造神话伪说，更是将论战搞得愈发混乱。

搁置"老子化胡""佛陀三弟子入华"之类过于荒诞的说法，根据现有史料分析，佛教在汉地初转法轮，被最多人认可的时间段，应该在两汉之际。

支撑这一论点的，是史书上寥寥几行并不起眼的文字。相对于《三国志·魏书》中"昔汉哀帝元寿元年，博士弟子景卢受大月氏王使伊存，口受《浮屠经》"的枯燥语句，《后汉书·西域传》有关佛教初传的记载则要生动许多。

很像是民间故事的老套桥段，佛教在中国的缘起，竟然是某位国王的一个梦。

后汉永平年间，一个在史书上失落了季节的深夜，东汉王朝的第二任皇帝汉明帝刘庄，莫名其妙地做了一个怪梦。他梦见有位高大的神人从天而降，浑身金色，头顶还发散着耀眼的日月光芒，在自己的宫殿中盘旋飞舞。醒来后，刘庄疑惑不解，便在朝会时向群臣提起了此梦。有大臣便告诉他，他听说西方天竺国，有人得道，被尊称为"佛"，丈六金身，能凌空飞升，应该就是这位神祇了。

之后的事便水到渠成了："帝于是遣使天竺，问佛道法，遂于中国画图形象焉。"（《后汉书·西域传》）

以此为蓝本，经过各种典籍的层层补充，明帝求法的全过程被勾勒出了大致轮廓：使者到了西域，在大月氏国遇见两位胡僧，竺法兰和摄摩腾；得知明帝的诚心后，二位高僧便用一匹白马驮载经卷与佛像，随着使者在永平十年（67年）来到了洛阳；明帝将他们供奉于白马寺，他们则在寺内合译出了中国第一部佛典《四十二章经》，最后相继圆寂于洛阳。

梁慧皎《高僧传》载：摄摩腾，中天竺人，出生于婆罗门世家，解大小乘经，曾用佛法替西域某个小国化解了一次刀兵之灾；竺法兰，同为中天竺人，能讽诵经论数万章，为天竺学者之师；直到今天，洛阳白马寺还有他们的坟茔。

佛典，高僧，古寺，坟茔。关于那个以长长的马蹄印载入典籍的永平十年（67年），历史似乎慷慨地为后人留下了足够多的遗迹。

然而，只要稍微考证一下，人们的信心可能就会动摇。他们会不无沮丧地发现，看似确凿的证据，其实像老子化胡一样，经不起太过细致的推敲。

正如佛家经常提及的镜中花、水中月，那匹万里西来的白马，很可能同样只是一个虚无缥缈的幻影。

千百年来，破绽其实一直袒露在人们的眼皮底下，未加任何掩饰。

《四十二章经》的序文，在重述了汉明帝的梦后，为了加强说服力，特意指明了几位求法使者的姓名身份。一共是十二人，而排在第一的，赫然竟是张骞。

或许，这位张骞与前朝武帝时的张骞，只是同名。不过慧皎的《高僧传》提及此节时，却用"郎中蔡愔"替下了"使者张骞"。显而易见，慧皎也意识到了张骞的名字容易招引攻击；但反过来看，"蔡愔"与"张骞"之间没有任何解释的突兀替换，也大大降低了记载佛教初传时两本经典的可信度：《四十二章经》序文，或者《高僧传》，两者必有一误。

在此基础上，很多人进而对那两位天竺高僧也产生了怀疑。比如学者任继愈，在核对相关典籍后，便提出了这样的疑问："关于摄摩腾的名字，刘宋以前不见记载。到底有无此人？《四十二章经》是不是他译的？现虽难以考证，但说他是汉明帝时人，是没有充分证据的。"（《中国佛教史》）

如果说对摄摩腾，任继愈还不敢下结论的话，对竺法兰，他明确做了判断："至于竺法兰，则可以明显看出是伪造的。"

甚至连被奉为中国佛教祖庭的白马寺，名称由来都需要重新斟酌。世代相传，那是汉明帝依照天竺式样为摄、竺二僧修建的居所，为纪念白马驮经之功，再套用汉廷的官署称谓"寺"——如"太常寺"，两者组合才有了沿用至今的寺名。不过，慧皎的《高僧传》同样提到了另一种说法。说是某个"外国国王"灭佛毁寺，拆到某寺时，夜间见到有匹白马绕着即将被推倒的佛塔悲鸣不已，国王因此感动，停止了对佛教的破坏，并将此寺改名为"白马寺"；之后，"诸寺立名多取则焉"。

若依此说，洛阳白马寺，很可能与脍炙人口的白马驮经没有直接关系。

不必再大煞风景地追查下去了。中国的文献中，关于汉明帝永平求法，记载看似详尽，却夹杂着大量的矛盾和漏洞；有关天竺高僧，还有那匹传说中的白马，其实没有任何可靠的原始资料；而在层层转述的过程中，越到后来，信徒添加的情节越多，神话色彩越浓，离真相反而越远。

从纵向来看，佛教的传入，是中国直至近现代之前，规模最大的一次外来文化吸收；之后的两千多年间，佛教深刻影响乃至调整了这个古老帝国的文明轨道。然而，这意义重大得难以估量的历史事件，却在悄无声息中拉开了第一幕，并没有引起太多人的注意，更没有谁对此进行过细致的记录，以至于后人将这出大戏的序曲，模糊而诗意地归结于一个近似于天启的梦、一队尽职的使臣、两位容貌怪异的远方僧人。

还有一匹影影绰绰、负载着神秘包裹，从日落之处缓缓而来的疲倦白马。

当然,《四十二章经》不会凭空出现在洛阳,尽管细节疑问重重,但明帝求法的基本情节应该属实;无论因何而得名,白马寺终究还是我国汉地最早的佛寺。

总而言之,与耶稣骑驴进入耶路撒冷同一个世纪,有批佛教徒经由西域,第一次来到了中国。正如前文所述,他们从何而来,有几个人,分别是谁,已经很难确定,我们姑且沿袭旧说,用"摄摩腾"来称呼他吧。

马蹄嘚嘚。沙漠逐渐转换成戈壁,再转换成驿道农田,眼中的绿色越来越浓,呼吸也变得湿润起来。迎面相遇的人们,衣着也愈发整齐,高冠、长袍、大袖,面容谦和,嘴角微笑。虽然听不懂他们说的话,但摄摩腾明显感觉到了这片土地的富庶和善意。他只能频频合十,微笑,弯腰,以自己的方式表达着问候。

日出再日落,月圆再月缺,也不知翻了多少座山,涉了多少条河,终于,白马一声长嘶,一座雄伟得无法用语言形容、几乎只能由佛祖幻化而成的巨大城池出现在了摄摩腾眼前。摄摩腾不由得停下了脚步,仰天礼拜。天色碧蓝如同海水,没有一丝渣滓。

那天,洛阳有很多百姓见到了这样一幕。有位光头赤脚、凹目高鼻的黝黑汉子,身披一块只能遮住半身的肮脏布片,扶着根一人多高、看不出质地的金属长杖,独自站在城门外,默默看着人流汹涌,一动不动。而他的身旁,同样石像般立着一匹瘦瘠的老马。

山河大地,凡为城邑宫阙楼观种种,皆为缘业深重。好大震旦,好一方有缘国土,好一众有情生灵。不知不觉间,摄摩腾竟已潸然泪下。

他微微点头,回身西向,再次肃穆合掌,凝神默诵一声:

"我佛慈悲。"

就像投入湖泊的一粒石子,涟漪过后,大部分人很快就忘记了这位忽然出现在都城的胡僧;作为当时东方世界最大帝国的国民,他们早已见怪不怪。自从西域开通之后,前汉的长安,后汉的洛阳,已成为一个国际性大都市,街市上几乎每天都能看到来自远方的奇人异畜。何况印度人在体貌上还比金发碧眼的欧洲人更容易被汉族人认同。

至少在永平年间,汉明帝和他所有的臣民,都没能真正意识到,他们远赴西域迎来的,究竟是什么。

在后世佛教徒著作的典籍中,摄摩腾和竺法兰都被塑造成罗汉一类的角色,具有不可思议的神通。《汉法本内传》便提到了这样一个故事:永平十四年(71年),五岳道士上表请求与佛教沙门比试法力,汉明帝应允,并亲临观看;比试时道士自称道教经典入火不焚,但一点火,霎时化为灰烬,而佛经却在烈焰中安然无恙,并放出五色祥光，"道士相顾失色，大生怖惧"，有人竟当场气死；此时摄摩腾出场，他"踊身高飞，坐卧空中，广现神变"，同时天花坠舞，天乐悠扬，看得众人目瞪口呆，纷纷匍匐跪拜，六百多位道士当即弃道从佛。洛阳白马寺内，今天还能看到一个略呈方形的夯土丘，据说便是这次佛道焚经斗法的遗址。

遗憾的是，这同样是个奇妙却无稽的杜撰。只需指出一点，这段令佛教徒眉飞色舞的文字便会轰然坍塌：东汉初年，道教还没正式成立，哪里来的"五岳道士"？即使当时的史料有"道士"之名，也只不过是一些阴阳家、术士的笼统之称罢了。

不过，神迹虽为伪造，从中也可看出，按照当时汉族人的理解，与其说胡僧是某种宗教的传播者，不如说是身怀法术的异国方士。这才是他们最感兴趣的。

中国自古便有求仙学长生的传统，到了东汉，随着君主对谶纬一类神秘文化的大力提倡，占星、望气、卜筮、符咒等各种迷信更是大行其道。在这样信仰廉价而混乱的大环境下，初来乍到的佛教，同样被他们视作了神仙方术的一种。明帝所梦的佛陀，就是一个典型的神仙形象。早期的胡僧，也往往利用汉族人的这种心理，借用医卜星相等手段开展传教。在佛教史籍中，入华的有名高僧，大都会些真真假假的法术。比如安世高"通晓外国典籍及七曜五行、医方异术"，康僧会"天文图纬，多所综涉"，昙柯迦罗"风云星宿,图谶运变,莫不该综",求那跋陀罗"天文书算、医方咒术,靡不该博"。

东汉后期来到中国的安世高,甚至把死亡也衍化成了一次成功的弘法。《高僧传》云,某年他来到广州,迎面走来一个少年,莫名其妙地对他拔出了刀,呵斥道:"终于找到你了。"安世高毫无惧色,笑道:"我前世欠你,所以远来偿还。"言罢引颈受刃。或许,这样的阐述在佛徒看来,是以生命来宣扬轮回宿命,而在外人眼里,这分明是精准的未卜先知,况且在传说中,他随即死而复生。

从佛教在东汉的流行情况也能够看出汉族人对佛教的认识。《后汉书》记载,汉明帝的异母弟楚王刘英,晚年"喜黄老,学为浮屠,斋戒祭祀"。由此可见,在当时贵族看来,虽然手段有别,但外来的佛教与代表着本土神仙的黄老并没有什么本质区别,都是祈福禳灾的修炼法门。

实际上,整个东汉,这种理解一直没有太大的改变。距楚王刘英之后约一百来年的汉桓帝,也是一个狂热的偶像崇拜者,在皇宫中建立了专门场所,同时祭祀黄老和浮屠。

或许有些难以置信,晚至两晋南北朝,还有很多人分不清佛道两家,笼统含糊地将佛教徒称为"道人"。

一套无比精妙的伟大哲学,进入这片同样具有高明智慧的东方大地时,最初显示给汉族人的,居然是这种多少有些媚俗的暧昧印象。

最初阶段，佛教被混入道家方术接受崇拜，佛经的汉译也是一大原因。

早期佛经翻译中，有不少词语直接来自道家。安世高译的《安般守意经》，便有这样的文字："安谓清，般为净，守为无，意名为，是清净无为也。"他翻译的另外一本《分别善恶所起经》，则有这样的偈言："笃信守一，戒于壅蔽。"无论"清净无为"，还是"守一"，都是《老子》《庄子》等道家典籍中的重要概念。

这并不是安世高的个人风格。稍晚于他，大月氏僧人支谶和天竺僧竺佛朔所译的《般若道行经》，将梵语"真如"译成了"本无"，此处的"无"，更是道家反复强调的宇宙终极根本。还有的佛经，甚至把"地狱"译成了中国人民间传说中收纳死者魂魄的"泰山"。

既然胡僧自己翻译的经书有如此多的道家神仙家痕迹，遭到误解也就在意料当中了。如果说楚王汉桓帝之流礼佛，只是贵族粗俗浅薄的鬼神迷信，那么很多学者在文化上，也因此对佛教做出了似是而非的定位。

比如史家袁宏，在《后汉纪》中提及佛教时，便如此解释佛教徒"沙门"："沙门者，汉言息心，盖息意去欲，而欲归于无为也。"至于佛经,则"有经数十万,以虚无为宗"。

袁宏是东晋时人,可见直到那时,一般汉族学者所理解的佛教,仍然带着明显的道家色彩。

诚然,袁宏不是佛徒,他的记叙难免隔靴搔痒。不过,至少在二世纪末,即便是熟读佛经的汉族人信徒,似乎也未能真正厘清佛道两教。

东汉末年,佛教逐渐从皇家贵族扩散到了社会,随着影响日益增大,也引起了一些正统儒生的攻击。这时,广西有位姓牟的学者,写了一本书,专门为佛教辩解。在这本被定名为《牟子理惑论》的著作里,作者首先介绍了自己的学习经历,他声称自己博览群书,"既修经传诸子,书无大小,靡不好之",但最后领悟,只有佛教才是世间最圆融的真理。

从著书初衷看,牟子试图抑儒道扬浮屠,不过文中他却往往引用《老子》讲解佛教,又一再引述佛教教义去附会《老子》。如云佛经虽多,但"其归为一",而这个"一"就是"无为淡泊",甚至还不自觉地用了这样的比喻:佛道两家好比五谷,人间同样不可或缺。

更值得注意的是,对于儒家,牟子也采取了类似的调和态度。甚至用儒家经义为剃发、不娶之类最容易触怒汉族人的佛门规仪辩护,说什么佛徒剃发,表面上违反了"身体发肤,受之父母,不敢毁伤"的儒家大纲,其实也是合情合理的,太伯入越文身断发,孔子不是照样认可他吗?至于出家弃世,伯夷叔齐应该算是老前辈,孔子更是为此赞叹他们"求仁而得仁",推崇至极。

总而言之,牟子认为,虽然教义可能有高下精粗之别,但本质上,佛儒道三家并没有不可调解的矛盾,都是能够济世度人的至言妙术。

牟子为自己如此豁达的结论激动不已,专门用这样一段感情强烈的文字,表达了彻悟后的幸福:"吾既读佛经之书,览《老子》之要,守恬淡之性,观无为之行,还视世事,犹临天井而窥溪谷,登高岱而见丘垤……吾自闻道以来,如开云见白日,炬火入冥室焉!"

一时间,牟子目光流转,眼底的山河大地净如琉璃。

尽管牟子的所谓理惑,很多论证其实相当牵强,但可能连他自己都会意外,这种对三教一团和气的仲裁,竟然会在身后一直流行,贯穿了将近两千年。

自从进入中国那天起,佛教发展的主基调便充满着宽容和祥和,宋明之后,"三教合一"的观点更是日益被越来越多的人所接受。

文化的传播,建立在语言彼此理解的基础之上。可以想见,初入中国的第一批胡僧所面临的巨大困难：他们必须像婴儿一般，从头学习对这个世界的另一种表述方式。何况，他们最终想表达的，不是柴米油盐之类看得见摸得着、指称明显的概念，而是一种完全独立于任何实体之上的微妙思想。

即便不计语言不通的因素，阐述思想，本身就极其艰难。将某种奥义从一个个体完整真实地复制到另一个个体，某种程度上，是不可能实现的。《老子》五千言，劈头便是"道可道非常道"，意思是如果能够用语言表达的道，也就不是真正想要表达的道了；直到南北朝，"言不尽意"与"言尽意"，也就是语言究竟能不能真实表达意义，还是玄学家们辩论的热门话题。佛教同样有类似观点，《金刚经》就反复提醒僧众，语言存在着很大的局限，永远不能抵达真相，所以不应该执着于以语言文字来理解佛陀的教诲。

这只是第一重障碍。除此之外，入汉传教的胡僧还必须挣脱额外的一重束缚。如果以绘画为比喻，展现在他们面前的，不是一张可供随意书写的白纸，而是早已被严格地规定了底色。

与西域不同，佛教进入之时，中国的固有文明已然高度成熟，并已经渗透了整个华夏民族的基因深处。可以说，他们对万事万物的理解，包括命名，都深刻地打上了自己的烙印。这决定了胡僧从学习第一个汉语单词开始，就不可避免地受到了中华文化的浸润。

这种浸润可能不自觉，但很多时候也可能是胡僧自愿接受的。

毕竟，以儒道为基础的中国文明，博大精深并不逊于佛教，甚至连资格也不相上下：佛陀、孔子、老子，前后相隔不过几十年，都出现于公元前六世纪——

那几乎是一个在文化角度决定地球旋转方向的奇妙世纪，好像某个收藏着终极智慧的盒子被骤然开启，世界各文明区，几乎同时诞生了最伟大的精神导师。因此，这波两千多年前的百花齐放，也被西方学者形容为人类文明的轴心时代。

经过五六百年的独立成长，在公元初，两根各自承载着亿万生灵的文明车轴，终于在洛阳、在胡僧手里轻轻碰撞了。无疑，身处当时世界上最繁华的都城，初次接触东方思想的胡僧，心里定然会萌生或多或少的敬畏——这种源于文明压力的敬畏，不仅产生于佛教徒，之后入华的伊斯兰教、基督教也同样曾经感受，有支基督教传教使团，还因认可中国的祖宗崇拜而遭到了罗马教廷的严厉谴责。

对于一种不可轻易否定的文明，任何一个智者首先要寻找的都是共同点。很快，他们就在中国的典籍中找到了自己想要的东西，并欣慰地将自己绞尽脑汁也表述不清的奥义悉数注入了古老的方形汉字。

"老子化胡"说的始创者，一般认为是西晋时的道士王浮。然则根据学者考证，类似说法在东汉明帝时就已经存在，而且未必出自道徒，极可能是佛教初传，胡僧为求中土的文化认可，自己有意攀引的。

从白马背上被卸下来那一刻起，对于汉族人，佛经就表现出了极大的亲和力。

只是凡事有利必有弊，这种亲和力，在帮助佛教在中国迅速立足的同时，也为自己日后的传播，选择了一条看似平坦的迷失之路。

文化的吸附是很难抗拒的。

如果说，安世高等人以道译佛，是借汉家酒杯浇佛门块垒，虽然事倍功半，却也是无可奈何的话，之后有些胡僧，随着对他们汉文化的进一步了解，很多时候几乎是带着向往和欣赏心态的主动靠拢。

"秋露子"，这样的名号，完全符合汉族人最高层次的审美，但梵文本意，却是释迦牟尼十大弟子之一的"舍利弗"；他的师兄"须菩提"，则被译成了"善业"。

做出以上翻译的，是三国时的吴僧支谦。支谦是大月氏人，祖父那代归附东汉，从小兼修胡汉经典，被时人称为"智囊"。中国的佛经翻译史上，始终存在着"质朴"和"文丽"两派，支谦就是后者的代表之一。他提倡尽可能用意译取代音译，并依此宗旨重译了一批早期的佛经，在当时引起了相当大的反响。

但是，支谦这种尽可能汉化的译经风格，招来了很多高僧的激烈批评。东晋道安毫不客气地指出，支谦的译法固然美妙，但并不忠实于原著；另一位著名的译经大师鸠摩罗什更是在整理旧译时，将支谦作为首当其冲的清算对象。

经过几个世纪磨合，佛教已经适应了中国的水土，对儒道学说的本质，也有了透彻的了解。此时的佛教徒，已经不再满足于寻求双方文化的共鸣，而是希望分道扬镳，尽快洗去早期彼此的附会与误会，以本来面目挺立在这片东方大地上。

在中国站稳脚跟的佛教，越来越不愿意迎合。他们越来越渴望树立起佛门的独立和尊严。

而所有这一切，必须建立在对佛经准确的诠释之上——与其随意发挥的雅达，毋宁诘屈聱牙的信。如果在译经中一味迁就汉族人口味，佛门真义势必会在华丽的汉字中扭曲、流失。因此，支谦看似精致高雅的翻译更应该警惕。

事实上，不必等到道安与鸠摩罗什，差不多与支谦同时，就有人以另外一种方式，对当时的汉译佛经表示了怀疑。

他是纯正的汉族，出生于汉献帝建安八年（203年）。

颍川人朱士行。

公元260年，在洛阳白马寺，朱士行登坛削发受戒。为他摩顶授戒的天竺僧人昙柯迦罗,赐了他一个法号:八戒。

所谓八戒,即不杀生、不偷盗、不淫欲、不妄语、不饮酒、不非时食、不打扮及观听歌舞、不眠坐华丽之床。是佛教为出家教徒制定的基本戒条。

白马西来的两百年后,中国终于有了第一位真正意义上的本土沙门。

就在受戒当年,五十八岁的朱士行离开白马寺,从洛阳出发,经长安,由河西走廊出玉门,最终来到于阗,在当地抄写佛经。

多年的佛学研读,朱士行发觉,胡僧们翻译的经书差错极多,甚至前后义理都不连贯;而同时,这些不成系统的凌乱经书也令他叹为观止,感到佛法深不见底,在中国的儒道之外,应该还有一块同样广阔的天地。因而,他不顾年老体衰,倒循着当年白马的足迹,追根溯源寻求真经,又成为第一位西行求法的汉僧。

朱士行八十岁时圆寂于于阗,再也没有回到祖国。临终之前,他派遣弟子,将自己这二十多年在西域抄录的九十章六十万字经书,全部送回洛阳白马寺。

朱士行抄写的,都是梵文经卷。按照习惯,梵文横向书写,这与汉字纵向排列刚好相反。抄译过程中,随着梵汉文字的转换,朱士行的目光反复在左右和上下之间移动;远远看去,这位神情严肃的老人就像在不停地摇头,又不停地点头。

摇头点头之间,对于佛教,中国人终于睁开了自己的眼睛。

相关史略：

公元 70 年，楚王刘英被告发谋反，明帝废其王号，遣送丹阳泾县，次年刘英自杀。刘英年轻时好游侠，结交宾客，晚年"更喜佛老，学为浮屠，斋戒祭祀"。

公元 147 年，月氏人支谶入洛阳，至灵帝中平年止，共译佛经十四部二十七卷，为传大乘般若学入汉第一人。

公元 148 年，原安息国太子安世高入洛阳，至灵帝建宁年间，二十余年共译佛典三十四部四十卷，系统传入了小乘佛法。

公元 166 年，平原人襄楷上书桓帝，言及："又闻宫中立黄老、浮屠之祠。"

公元 197 年，下邳相笮融败于扬州刺史六縣，逃入山中，被山民杀死。笮擅信浮屠，以所督钱粮大起佛寺，以铜制佛像，黄金涂身，衣以锦采，垂铜盘九重，下为重楼阁道，可三千余人，课读佛经，免除信佛者徭役；汉代民间建佛祠、行佛事者，始见于此。

我所思兮

或许是擅自暴露真相的惩罚，揭秘者本身，往往会被历史有意无意地擦去留在这个世界上的大部分痕迹，成为再也不可探究的秘密。

古希腊人托勒密，这位在天文、地理、数学等多个领域保持了一千多年影响力，被古代与中世纪欧洲学者奉为神一样不可企及的大科学家，关于他的个人生平，材料却非常缺乏。人们只能从他自己在著作中提及的只言片语，费力地拼凑这位大师扑朔迷离的一生。

大致可以推断，托勒密所有的天文观测都是在埃及的亚历山大城进行的；在那座面对着地中海、风景宜人的古城，他提出了著名的"地心说"。从《至大论》可以得知，托勒密对天文有记录的观测，始于公元127年3月26日，而最后一次记载，则为公元141年2月2日。

漫长的观测过程中，托勒密不会知道，在遥远的东方，几乎同时，也有一双眼睛，与他一起探索着浩瀚的宇宙；很多时候，彼此的视线甚至会因为同一个目标而在外太空碰撞。而他们得出的结论也极其相似：那双眼睛的主人同样认为天宇浑圆，就像一枚鸡蛋，而承载人类的大地，就像鸡蛋中心的蛋黄；整个天空，好比一个巨大的车轮，围绕着大地一刻不停地旋转。

他就是张衡。

在托勒密收起望远镜的两年前，东汉永和四年，即公元139年，张衡在尚书任上去世，终年六十二岁。

在中国的史书上，张衡的身份有些复杂，不容易被简单归类。套用当代词语，连他的专业，究竟属于文科还是理科，都很难下明确的判断。

洛阳灵台，这座始建于光武帝年间的方形高台建筑，是帝国最高级别的天文台。自从公元115年起，作为负责天时星历的太史令，张衡在此主持了十四年工作。于此期间，他撰写完成了《灵宪》，全面阐述了宇宙的起源与演化、日月星辰的本质等诸多重大课题，第一次正确地解释了月食的成因，同时还制作了著名的浑天仪和地动仪，将我国古代天文学水平提升到了新的阶段。

然而，史官为他贴的标签，却是文学家。

史官惜字如金，《后汉书》虽然给了张衡整卷的单独传记，但除了称赞过几次传主"善机巧,尤致思于天文阴阳历算""数术穷天地,制作侔造化",一半以上的篇幅,都用来抄录了张衡的辞赋。

这样的剪裁已经说明了传统史家对张衡的定位。"马扬班张",所谓的汉赋四大家,文学才是张衡留名史册的主要原因,人们甚至认为,他这方面的造诣,有资格与司马相如、扬雄、班固这些顶级文豪平起平坐。

作为辞赋作者的张衡,敏感,细腻,尤其是一些体裁短小的作品,更是淋漓尽致地表现出了他多愁善感的诗人气质。比如被广为传唱的《四愁诗》,每一章都以"我所思兮"开头,不惜劳苦万里跋涉,反复追寻心中的美人,却又始终无法靠近,只能涕泪沾襟;文辞缠绵悱恻风流婉转,不由人不击节惋叹。

"我所思兮在泰山""我所思兮在桂林""我所思兮在汉阳""我所思兮在雁门",短短四章,张衡竟然辗转四方,场景转换之突兀之频繁,不仅在同时期,即便放在整个中国诗歌史中也应属罕见。当然,人们可以用传统"诗言志"的审美标准来诠释这首诗,将泰山、桂林、汉阳、雁门等地名一一落实到封禅、巡守、边功等现实的政治意义,更是能够将"我所思"的"美人"毫不忸怩地理解为"作者理想的化身";不过,如果联系到张衡不同于普通作家的知识结构,《四愁诗》却从另一个角度体现了他独特的思维方式——

那是一种挣脱束缚、竭力向外，尽可能走向远方的冲动。

《四愁诗》并不是孤例，类似的冲动在张衡其他一些代表作中也能够看到。比如《思玄赋》中，张衡不仅游览了四方，甚至腾云而起，晃晃悠悠地来到了天上。在这类作品中，张衡愈发酣畅地表达了探寻未知世界的强烈渴望。

《思玄赋》是一篇模拟屈原《远游》的骚体赋，上天入地纵横求索，本身便是这类文体的传统主题。不过，同一片天空，同一个星球，映射在屈原与张衡眼中，却已经有了明显的区别。

这种区别能够用一句话来概括：

面对天地，假如说屈原的表情是问号，到张衡脸上，已经收获了很多感叹号。

天和地在什么地方结合？

十二时辰又是如何划分？

太阳和月亮怎么悬挂在天上？

群星又为何罗列成这样？

月亮它有什么德行啊，

逐渐死去随即逐渐发光？

它究竟贪图什么，

要把那兔子在腹中蓄养？

——屈原《天问》今译节选

天是个球体，直径是二十三万二千三百里，从地到天的距离则是此数的一半，地的深度也是如此。

日月与五星，都绕着大地转动，它们转动的速度与该天体离天的远近相关：近天则迟缓，远天则迅速。

太阳好比火，月亮好比水。火发出光芒，水因此有了反光。因此，月光来自太阳的照射，而它的盈缺则取决于日月之间的相对位置。

——张衡《灵宪》今译节选

一问一答，好比隔着时空的唱和。曾经迷雾重重的宇宙，在张衡面前，逐渐散去烟霾，闪烁出了理性的光芒。

与辞赋传承有序刚好相反，张衡在天文学上的成就，堪称横空出世。

实事求是地说，尽管都是具有强烈超前性质的大学者，但在数学与几何方面，托勒密的水平要明显超过张衡。不过，这不完全是托勒密个人的因素，因为托举着他的，有很多如亚里士多德、欧几里得这些级别的古代科学巨人。在古希腊罗马，科学是一门显学，有着完备而不间断的延续体系；托勒密对自己汲取前人的学术成果也毫不隐瞒，在很多章节中明确指出了所引用知识的根据。

而关于张衡所接受的教育，《后汉书》这样记叙："衡少善属文，游于三辅，因入京师，观太学，遂通五经，贯六艺。"显然，张衡的求学过程，与同时代的其他士子其实并没有什么不同。

当然，在天文学数学等方面，中国也有自己的典籍。比如《甘石星经》《九章算术》，还有一些混杂在儒家和诸子里的片段，比如《礼记》中的《月令》等等；如果仔细核对张衡的著作，人们还能发现，他的知识来源，竟然还有《诗经》《楚辞》《山海经》《淮南子》等科学与神话纠缠不清的经典，甚至包括司马相如、扬雄等文学家的作品。

不过，张衡对于庞杂而矛盾的各类知识好像有自己的评判。他几乎从不在著作中对某位学者、某种学说，提出赞许抑或质疑，而往往以不容置疑的口吻，径直亮出自己的看法。

更令人惊讶的是，虽然与托勒密相比，张衡的学术基础难免空疏而可疑，但他的论断，却往往能够殊途同归，同样具有相当程度的准确性。

在此意义上说，张衡所取得的成就，要比托勒密更为难得——

若是用武功来比方，托勒密正如传承有序的世家子弟，功力高深自是理所当然；而张衡，则更像来历不明的孤儿，无师无友，靠着一些文字古奥而意指不清的泛黄书册，竟也莫名其妙地打通任督二脉，同样成为一代宗师。

当宇宙从混沌逐渐变得清晰，对于观察者的心态，究竟会带来多大改变？

柏拉图对此发表过意见，他说："人们若看到天地间的理性的循环，他们自己的思想便会安定下来。"

张衡的性格似乎就可以为这番话做一个实证。史书记载，张衡为人非常平和，"从容淡静"，虽然入仕，但对官职升降毫不在意，一辈子几乎从未眼红脖子粗地争取过什么。这种宠辱不惊的恬淡，或许就源自天文学家的修养——既然能将目光投射到天外，人世间小小的荣辱得失，正如蜗牛角上的争斗，不值一哂了。

但张衡并不是一碗寡淡无味的温吞水。他在文学方面的成功，首先便取决于他情感的充沛；读他的诗赋，读者很容易得到这样的印象：安详的外表下，张衡的内心其实充满了忧郁和悲观。

张衡的作品，还有这样一个规律：在诗句中，他无论走得多远多高，见到多么神奇壮观的景象，而最终，都不得不、或者说很自觉地回到地面。

在张衡身上，好像同时存在两种相反的力量，一种拉着他飞举上升，另一种却拼命想将他扯下云端——悲哀的是，最后的胜利，总是属于后者。

其实，已经有很多学者注意到了这个现象，他们将其解释为张衡"出世精神"与"入世精神"之间难以调和的矛盾。的确，张衡出生时，东汉王朝的衰相已然显露：皇室堕落，朝臣萎靡，宦官外戚跋扈，腐臭已经在帝国的各个角落弥漫开来。雪上加霜的是，人事不可收拾，天灾又频频凑趣。张衡主要生活在和、安、顺三朝，而这短短四五十年，见诸史书的大灾至少便有一百一十三次，包括水灾二十八次、风雹灾十七次、旱灾十八次、蝗灾十三次、地震四十七次。尤其是地震。地质学家王嘉荫研究指出，自纪元以来至今，我国总共只有过两次地震大高峰，张衡生活的公元二世纪便是其一。据《后汉书·五行志》记载，仅和帝永元四年到安帝延光四年的三十多年间，就发生了二十六次大地震，震区有时多达几十个郡，造成了巨大的破坏。为了掌握全国地震动态，他还发明了世界上第一架地震仪：候风地动仪，并成功测报了西部地区发生的一次地震。

总而言之，张衡所处的时代，黑暗、糜烂、动荡，充斥着令人绝望的末世情绪。在这样的背景下，他钻研天文，似乎能理解为一种对现实的逃避。张衡对此也不讳言，在《应间》一文中，就坦承自己是"聊朝隐于柱史"——姑且借助掌管天时星历的太史令之职隐居于朝廷罢了。

但这种"朝隐"更多只是自我安慰。作为一个自幼受到儒家兼济精神灌输的士人，对于日益朽腐的政局，不可避免会有一份社会责任感。实际上，张衡也曾多次向朝廷进谏忠言，他耗费十年心血撰写的《二京赋》，更是一改此类大赋"劝百讽一"的套路，深刻地抒发了他对东汉政局的担忧。

无疑，就是这种张衡身上并存的隐遁与致用情结，引导学者们得出了关于他徘徊于"出世"与"入世"之间、心无所依的结论。的确，这难以辩驳。只是，除此之外，还有没有这样一种可能性：

辞赋中，张衡最终的回归人间，能否视作一次对天的逃离——在那一心想要到达的最高处，他会不会被自己的发现吓住了呢？

寂静，冰冷。

星球粗糙而丑陋，如同无数石化的瞳孔；光线扭曲、凌乱，毒蛇般蜿蜒游走。

宇宙间只剩下了张衡一个人。他惊惧地张大了嘴，想说些什么，但立刻恐怖地发现，自己的全部感官都失去了功能，他再也听不到任何声音，闻不到任何气味，触碰不到任何东西——连风都消逝得无影无踪。

除了无限延伸的空间，所有的一切都失去了存在的意义——甚至连时间也永久地停顿了，没有开始，没有结束，没有现在，也没有未来。

张衡似乎觉得整个人颠倒过来，自己并不在天上，而是坠入了一个巨大的、无穷无尽的深渊；他只能慢慢看着自己在坠落中一点点衰老、死亡、腐烂，却永远抵达不了彼岸……

惨叫一声，张衡从冥想中挣脱出来，浑身都是冷汗。

发明地动仪，是不是从宇宙中收回思绪的张衡，心悸之余，对自己的抚慰？

他实在太需要重新体会那种双脚踏实的感觉了——地动仪报警，也就是铜丸撞击蟾蜍发出的清脆声音，是否会被他想象成大地从深处传来的心跳？

捧起一团带着草木腥气的泥土，张衡泪流满面。他告诉自己，只要地还会动、心还会跳，这世界就仍是活生生的冷暖人间。

孤独，忧虑，怀疑，无助，这几乎是张衡大部分诗赋的基本情感。

如此消极的情绪，出现在文学家的张衡身上顺理成章，但转换到他的科学家身份后，就引人深思了。

或者，这种伤感，源于科学与信仰之间的恩怨难明的纠葛。对于张衡，科学给他带来的最大震动，大概就是潜意识里对神灵产生的怀疑。

应该说，张衡的文学体系中，还是给神灵留下了足够的空间。

除了津津乐道地描叙祭祀、傩戏之类的民间宗教活动，他甚至比一般作者更乐意在著作中引用神话中的人物和地名，并且他远游的重要目的就是朝觐"西王母"和"天帝"——其实，正是他对神话的这种好奇和尊重，保证了作品的艺术高度：一个缺乏传说和想象的作者，笔下的世界必然是枯燥乏味的。此外，他还将很多科学研究，比如"律历"，与"卦候、九宫、风角"等方术并列，以为"数有征效"，因此还被《后汉书·方术列传》奉为"阴阳之宗"。

张衡的泛神论倾向，为他招来过很多质疑。西方有些学者便认为，张衡始终没有厘清迷信与科学的界线，因此他"科学家"的头衔，含金量应该大打折扣。

不过，我们也应该看到，关于神灵，张衡的态度相当暧昧。通常来说，科学的理性与文学的感性，很大程度上会相互伤害，而张衡却好像能够游刃有余地彼此来往。除了在诗赋中与神灵深情交流，在其他方面，他表现出来的更多是学者的冷静和理智。比如，在谶纬迷信已经成为王朝主流思想的氛围中，他毅然上疏，明确提出了"禁谶"倡议；而综观他的学术成果，虽然局限于时代不可避免有一些荒诞的附会，但似乎也并未受其笔下的神灵诱导而南辕北辙。

在一定阶段，迷信未必与科学势不两立。实际上，常被引用来与张衡做比较的托勒密身上，存在着同样的问题。这位西方早期科学的泰斗，同时也是个狂热的星占术士，还专门写了四大卷相关著述，里面有很多诸如此类的断言："出生时刻，如果土星位于天宫图东侧，这个婴儿将来会是：黄肤色、好体格、黑色卷发、宽阔而坚强的胸膛，常规眼睛，身材匀称，气质是湿与冷的混合。"

解读星空，对托勒密而言，无疑也是个解读神力的有趣过程。依照他的理解，像人一样，行星有男有女，有"做善事的"、有"做恶事的"，存在着性别善恶之分。比如土星就相当不祥，会导致"风湿、发烧、流亡、贫穷、入狱、恐惧、死亡，特别是对老年人"；而木星就仁慈多了，因为他对应着大神宙斯。

于是，在托勒密的构想中，宇宙呈现出了如此美妙的景象："行星的运动是均衡的运动，像舞蹈的人手拉手在圆圈里跳舞，像竞赛中的人彼此协助，彼此合作和不碰撞对手，互相不妨碍。"

有意思的是，这种似乎比张衡还胜过一筹的迷信，同样没有妨碍托勒密成为不世出的伟大科学家。

甚至还可以这样说，正是迷信，有力地赞助了托勒密的事业。

在著作里，托勒密对自己研习天文的动机有过阐述，他说："研究神明的运动，是追求一个崇高的理想，能使天文学家接近天上的神。"

比较张衡与托勒密学术中的神秘部分，有个细节值得思考：同样比喻天体，张衡常常引用动物（比如象征月亮和太阳的蟾蜍、乌鸦），而托勒密引用的则基本是古希腊神话中的英雄美女。

这并不只是出于张衡与托勒密个人的喜好。事实上，中国文明的一大特色，就是没有像希腊罗马等其他文明一样，保存有一个完整而权威的神明系统。

这应该归结于儒家思想——中国文明最主要也是最重要的组成部分——的务实。"未知生焉知死""未能事人焉能事鬼""子不语怪力乱神"：儒学时刻不离人间，在其体系中，最值得尊敬，抑或说最高级别的精神偶像，也只是与芸芸众生毫无二致，来过、活过，最终也必须死去的"圣人"，而不是长生不老的神祇。

当然，儒学不能涵盖中国文明的全部。所有民族都是从原始蒙昧中成长起来的，全都经历过对神灵的虔诚膜拜；只是随着儒学底色的日益浓重，中国人的神灵意识势必迅速淡化，逐渐变得身形模糊面目可疑。

尽管表面上看，中国人好像相信天外飞仙万物有灵，但这种信仰其实并未被真正植入血脉；很多时候，所谓的神仙，不过是茶余饭后的谈资、诗赋的浪漫点缀……祭天是中国历朝历代皇帝亲自进行的顶级大典，然而在云层上享受香火的大神究竟是哪一位，有过什么神迹，长什么尊荣，即使是在"天人感应"学说最盛行的汉代，也没人说得清楚，只能含糊其词地称其为"太一"或者"天帝"。

如此浮泛、宽容的神灵信仰，自然有助于张衡更加自由地参悟宇宙。不过，反过来，张衡的探索却也是对神灵的一场无情驱逐。可以想象，无论张衡愿意与否，他的思绪深入到哪里，神殿便坍塌到哪里。虽然他在诗赋中大肆渲染了天界的美妙和繁华，但作为一个科学家，他势必已经意识到，自己五彩斑斓的铺陈很可能已是一曲神灵的挽歌——

西王母，天帝，早已随着他目光的流转而灰飞烟灭。

"黯然离开天门啊，我降下天路；乘着寒风啊，我驱车驶入虚无。"（张衡《思玄赋》章句今译）

从某种意义上可以说，那片虚无才是中国人真正的信仰。

虽然神灵概念淡漠，但中国人对世界的运行也有自己的独特理解。他们采取的是步步紧缩的归纳法：由万物到八卦，由八卦到四象，由四象到两仪，由两仪到太极，最终，皮相化尽，万法归一，宇宙最核心的动力源，或者说，宇宙间唯一的真理，只剩下一个"道"。

准确地阐释这个"道"无比艰难，即使睿智如老子，也只能用一长串近乎绕口令的虚词，异常费力地向后人传达他的体会："视之不见，听之不闻……惚兮恍兮，其中有象；恍兮惚兮，其中有物。"

可无论老子的阐述有多么晦涩，有一点可以肯定，以"道"为载体的宇宙终极秩序，绝对不是一个会表现出喜怒哀乐的人格神。通常情况下，所谓的"道"，也就是宇宙的本相，只是一团蜿蜒吞吐的气体，或者更进一步，只是一团虚空。

这种思想其实已经十分接近唯物主义了。毫无疑问，相比神灵崇拜，"道"的概念更具有理性。

只是，对于科学家，这种理性就像一把双刃剑，很多时候反而可能带来伤害。

关于迷信——抑或神秘主义——之于科学的意义，英国著名史家李约瑟持有这样的观点："理智主义对于科学的进展，反不如神秘主义。"（《中国古代科学思想史》）他还说过这样一段话："欧洲早期的科学家都依赖于宗教信仰，他们对于一个理性的、具有人格的造物主的信仰，使他们有勇气去进行先驱者的工作。"

这段话其实还过于谨慎。可能会出乎很多人意料，不仅"欧洲早期"，很多后期乃至近期的大科学家同样虔诚地信奉着基督教，其中就包括牛顿。牛顿、爱因斯坦的皈依，首先可以视作人类最杰出的智者对于未知世界的谦卑，正如面对仰慕和称颂他的人，牛顿的回答："我的工作和神的伟大创造相比，只是一个在海边拾取小石和贝壳的小孩子。真理浩瀚如海洋，远非我们所能尽窥。"同样性质的话，爱因斯坦也不止一次说过："对我来说，就好像是一个最聪明的人类面对上帝一样。我们看到宇宙很好地组织、排列着，并且遵循某种法则，但我们只是很模糊地理解这些法则。"

不可忽视的是，牛顿与爱因斯坦对上帝的信念，还有另外一重意义，那就是李约瑟提到的"勇气"。不难想象，作为一个遥遥走在人类最前端、几乎是单枪匹马进入蛮荒区域的先行者，必然需要极强大的信念支撑；如果失去哪怕只是想象中的神灵的依靠，很少有人能够独自承受来自无限时空的巨大压力。

这种压力在中国人身上更为沉重。

宇宙的真正奥秘，就是没有奥秘。一方面，"道"的概念让他们深刻地领会到世界的虚幻与人生的荒诞，另一方面，儒家近似于宗教的精神援助，却被限定在地上，无法陪伴探索者进入星空——

神灵的离场，令儒家的人间烟火与道家的宇宙终极，亦即是中国人的世俗与真理之间，变成了一片真空。

抑或说，割裂。

这种割裂，便是东西方文明体现在科学上的最本质区别。

西方科学注重实证，每走一步都要由上一步来证明，相对结果，他们更重视过程。中国则刚好相反。如果以多米诺游戏来比喻，他们只关心最后倒下的那块，对其余长长一串骨牌，却都有些不屑一顾。

稍晚于张衡，东汉还出过另一位张姓的大家，被后世奉为"医圣"的张仲景。不妨以他的专业举例。中医诊病，只凭望闻问切，高手甚至无须患者开口，一眼扫去，病情便已有了几分判断。譬如脸色灰黑，主肾病；目睛赤红，主肝燥；口舌生疮，主心火。但假如有人多嘴，问他根据什么原理将表相一一落实到脏器，纵然张仲景复生，想来也是张口结舌的。当然，也可以用人体经络连接表里内外来解释。问题在于，直到今天，最先进的仪器也无法证实它们在解剖学上的存在。因此，直到今天，还有很多西方人将中医视为缺少实证的巫术。

但令他们极其郁闷的是，虽然经络的存在证据不足，但中医的效验却不容否定，尤其是建立在经络学说上的针灸，更是有如神迹，甚至凭几枚发丝般的银针就可以阻挡痛觉，无须麻药便可进行手术。

这就是中国文化的又一个重要特点：重结论轻推演。既然经验与疗效都能说明两者的确存在因果关系，那么具体如何一步步引发反应的过程很重要吗？

这种思维方式与道家思维有关。道家有个著名的典故：得鱼忘筌。筌，指的是捕鱼用的渔笼之类的竹器，《庄子·外物》说得很清楚"筌者所以在鱼，得鱼而忘筌"，你要的是鱼，既然得到了鱼，干吗还死攥着渔笼子不放。

应该正是基于这种心理，对张衡发明的浑天仪和地动仪等天文仪器，除了一些简略的外观描述，文献没有记载设计原理，更没有留下任何图样数据，以至于随着原物损毁，便在历史上失传了。

应该说，起初并不是所有中国学者都轻视验证过程的。也有人曾做过努力，想从逻辑概念下手，一步步踏实推来，这就是先秦时惠施、公孙龙等人的"名辩之学"。逻辑之于科学的重要性不必多说，整个西方现代文明某种意义上便是滥觞于亚里士多德的三段论与定理、公式。遗憾的是，在中国，逻辑学夭折在了襁褓中——儒家看来，玩弄概念的逻辑与诡辩并无不同，"恶利口之覆邦家"，对耍嘴皮的人他们向来深恶痛绝，而名辩学家们不幸正是以牙尖嘴利出名。

悲哀还在于，在中国，科学研究，不仅被儒道所代表的上层文化所轻视，还经常受到底层百姓的质疑。《太平预览》记载，张衡曾经做过一只木鸟，肚子里装了机关，一次能飞好几里远。如果联想到《墨子》里的著名典故——鲁班做了一只木鹊，飞了三天还不掉下来，很是自豪；墨子却大泼冷水，说做这玩意，还不如做个固定车轮的插销实用——难免怀疑张衡此举会不会是一种苦涩的自嘲：

有没有浑天仪，太阳都一样东升西落；而对于地震，地动仪更是马后炮；这一生苦苦求索，究竟有着多大的意义？

毫无疑问，作为一个科学家，尤其是天文学家，张衡远比托勒密更缺乏支持，需要更多的勇气。

大概也是因此，中国历史上，相比政治家权谋家，乃至于艺术家，科学家出现最少，真正是凤毛麟角。

更令人遗憾的是，张衡并不能算是一个强悍的勇士。他甚至有些软弱。

如前所说，作为一个正直的士人，张衡多次向朝廷提过建议。但他发表的所有政见，尤其涉及当时最严重的宦官之祸时，或取则天象，或借助史事，全都以委婉的方式表达自己的忧虑，从不曾指实具体的人和事。有次顺帝召见，在旁边服侍的宦官担心张衡会趁机告他们的状，便恶狠狠地盯了他几眼，张衡当即领会，应对时便避重就轻，用含含糊糊的话搪塞了过去。

以此性格，加之探索过程中本来就不甚稳固的神灵信仰受到损害，张衡的科学之路势必走得孤独而痛苦。这应该就是他在诗赋中，那些伤感情绪的来源。

随着年龄老迈精力衰退，他越来越怀念儿时的田园，怀念起鸟的鸣叫，鱼的逍遥，花草的清香。因此，在生命中倒数第二个春天，他写下了一篇《归田赋》，用苍凉的文辞构筑着"与世事乎长辞"的疲惫憧憬。

他终于彻底厌倦了世事，也厌倦了天空。在人生的尽头，他只想找棵大树，依靠着坐下来，垂下头慢慢回忆自己的一生，而不再仰望。

"不出家门就可以知晓天下啊，何必一次次远游而自求其苦？"（张衡《思玄赋》章句今译）

张衡把探索世界的最后一站，安置在了自己的内心。

由发散到收敛，由远行到回归。

正如张衡，在中国，达到一定层次的学者，到了后期，或多或少都会开始忽略外在的实体，而越来越侧重于向内用力，即所谓的归根返本。其中修为高深者，更是扬言一滴水可见世界，只需明了眼前方寸，便可通达天地大道。当年王阳明，就曾依此实验，七天七夜凝视一根竹子，希冀能够管中窥天、参透造化。

看竹看出一场大病之后，阳明最终树立了这样的学说：一切事物，包括宇宙，全都由心而生；舍此一点灵犀，浩浩世界，看似熙熙攘攘，其实并无一物、并无一理，囫囫囵囵竟是个无知无识的虚空。就好比山岩间的野花：

"你未看此花时，此花与汝心同归于寂；你既来看此花，则此花颜色一时明白起来。"

相关史略：

公元126年，张衡再为太史令，上疏顺帝："宜收藏图谶，一禁绝之，则朱紫无所眩，典籍无瑕玷矣。"疏上不报。

公元132年，张衡制成世界上第一台地震仪，比欧洲同类仪器早一千七百年。地震仪又名候风地动仪，精铜铸造，形似酒樽，樽体周围铸有八个龙头，分别对应"八道"，龙头含有铜丸，下各蹲一只张口承接的铜蟾蜍，检测到地底震动时龙口张开，铜丸落入蟾蜍口中发出响声，即可报知地震。此外，张衡还发明了浑天仪，是我国第一台以水作动力的天文仪器，又是最早的机械计时器。

公元138年，二月初三，地动仪西北方向龙头坠丸，然洛阳毫无震感；数日后，陇西驿者驰报陇西地震。

公元1876年，英国人米尔恩被日本聘请为地质矿物学教授，赴任途中经过中国，得知东汉时期有个叫张衡的人发明过一种仪器，能测到数千里外的地震，极为迷恋。横滨大地震后，他索性转向地震学，对失传一千多年的张衡地动仪开展大量模拟试验，终于绘出了复原模型，并首次向西方介绍了张衡："人类的第一架地震仪器是中国人张衡发明的。"明确指出：张衡地动仪的价值绝不仅仅在于它是一个古老的发明，更重要的在于，它竟以极其相近的思路留给了现今时代的科学仪器许多有意义的启迪。

公元1895年7月，米尔恩在全球六十多个国家布设了八十多台地震仪，组建成全球第一个地震台网，在此基础上创立"国际地震数据中心"，成为现代地震学的奠基人。

公元1977年，中国紫金山天文台报国际小行星中心批准，将该台1964年10月9日发现的1802号小行星命名为"张衡星"。

残阳帝国

公元 172 年,在中国,以五月十六日为界,被拦腰划为两截:之前是建宁五年,之后则是熹平元年。

以有限标刻永恒,人类对于时间的命名,其实徒劳而缺乏意义。当然,也有人能从这种帝国的文字游戏中得到实实在在的利益,甚至生命:因为按照惯例,伴随着年号的更改,必然会有一次惠及所有罪犯的集体性赦免。

意外逃脱囹圄的刑徒大概不会知道,他们的重生,很可能只是因为一条蛇。

史书没有记载此次改元的原因,不过,在这年的四月,也就是改元的前一个月,史官记下了这么一件发生在皇宫里的异事:立夏后不久的一个拂晓,负责洒扫的宫女,竟然在皇上御坐听政的龙床上发现了一条蛇!

当灵帝打着哈欠被请入大殿时,眼前的一幕令他立时清醒过来：这条蛇碗口粗细，有六尺多长，通体青色鳞甲，昂着扁平的头，盘踞在龙床正中。

而它的一双瞳仁，正泛着冰冷的绿光，死死地盯着脸色煞白的灵帝。

人一蛇对视多时，突然，青蛇猛地张口，吐出了血红的信子。

灵帝一声惨叫，烂泥般瘫软在地。

从那个黎明开始，这条青蛇便成了灵帝挥之不去的噩梦。为此，他特意向当年做太子时的师傅杨赐咨询了此事的吉凶。然而，得到的答复却更令他不安。杨赐认为，蛇是阴物，本该蛰伏在地下，如今却出现在朝堂，这绝不是个好兆头。

可以推想，随即进行的改元，应该就是灵帝试图扭转气运的禳解。只不过，更改年号似乎并没有收到效果，灵帝的宫殿中，诡异事件继续发生，甚至比凭空出现的青蛇更令人难以置信。

发现青蛇的六年之后，也是一个四月，南宫的宦官官署中，一只母鸡在一夜之间脱胎换骨变成了公鸡；就在朝臣们还在为此事忐忑猜疑之时，六月二十九日，忽然晴天一声霹雳，有道黑气从天而降，坠落到灵帝常去的温德殿东侧庭院，长达十余丈，有头有角，就好像一条巨大的黑龙。

灵帝再也坐不住了。他将当时最有声望的儒师学者召入宫中，向他们询问这几桩怪事究竟意味着什么。与通常朝会时的激烈争论不同，这次大家的意见相当统一。所有人都认为，这些异象其实都是上天对汉家的严厉警告，而且想说的是同一个意思：青蛇也好，雌鸡化雄也好，天坠黑气也好，都说明帝国目前阳气衰微，阴气过盛，阴阳已经严重失调。

仗着帝师的身份，杨赐进一步指实了阴阳失调的原因：皇纲虚弱，政权被妃嫔、侍妾以及宦官之辈共同把持。说到激动处，他痛心疾首："《春秋谶》明言：'天上投下霓虹，预示天下怨恨，海内即将大乱。'何况现下已到我朝四百岁的关坎，老臣担心我汉家大限很快就要到来啊！"

此言一出，殿内的空气陡然凝固。虽然还是七月，但每个人都感受到了一股彻骨的寒意。没有谁再说话，所有人都默默地注视着杨赐匍匐在地泣不成声。

良久良久，灵帝终于长叹一声，挥手命人搀起了白发苍苍的老师。

今人看来，以偶发的自然事件来推断一个王朝的气运，实在有些荒唐。不过，在东汉那么一个沉溺于谶纬、深信天人感应和阴阳学说的时代，任何有违常情的生物现象都是被赋予神秘意义的，何况它们还发生在戒备森严的皇宫内院,毫无掩饰地袒露在皇帝的眼皮底下。

实际上,不仅灵帝一朝,大半个东汉王朝都生活在所谓的灾异中。翻看《后汉书》的《天文志》《五行志》,字里行间黑气弥漫,满眼都是世界末日般的恐怖景象:山崩、地震、河决、海啸、狂风、暴雨、干旱、蝗灾、瘟疫、虹贯日、日月蚀,山河东倒西歪,天地吹弹得破,几无一日月朗风清。读来毛骨悚然却也令人纳闷,很难想象环境如此险恶,刘秀的子孙竟也磕磕绊绊坐了近两百年天下。

当然,任何一部史书都是经过剪裁的。史家如此不厌其烦地记载天文五行,固然因为那两百年流年不利正值地球周期性痉挛,中国本不太平,另一目的也是站在天人感应的角度,用自然灾害来阐释东汉的朝政得失。在此方面,他们完全赞同杨赐的观点,认为东汉最致命的弊政,便是阴阳失调。

按照中国人的习惯,皇权常常被比喻成太阳,而在所有的统一大王朝中,东汉这轮太阳,最为黯淡无光:十三帝,享国一百九十六年,寿元超过四十岁的,除了光武和明帝父子俩,只有最后亡国的献帝。掐头去尾,不计始末两君,东汉皇帝的平均即位年龄是十一岁,而平均驾崩年龄则是二十三岁。

根据《黄帝内经》,男子"二八"(十六岁)则肾气盛,"精气溢泻，阴阳和，故能有子"；而"四八"，也就是三十二岁时，"筋骨隆盛，肌肉满壮"，阳气达到顶峰。若依此说，东汉皇帝在阳气尚未发育完全之时便被送上了龙床，而不待其真正成熟壮大，便已经猝然弃世，终其一生，基本没有展露牙角的机会。乾纲如此不振，也体现在皇帝们尴尬的生育能力上：汉宫空有佳丽三千，皇位传承却每每后继无人——考察东汉帝王世系，竟有半数天子不是嫡传。

阳衰必然伴随着阴盛。儿子不中用，只能老娘抛头露面。十三位汉帝，母后临朝听政的便有六位。太后毕竟是妇人，心窄多疑，只信得过娘家人；于是，拉着太后的裙带，大小娘舅依次列队，兴冲冲气昂昂粉袍笏登场。

半截东汉王朝，就这样陷入了外戚干政的泥潭。外戚的权力毕竟来自太后，于是，汉宫发出的号令，不可避免地带上了脂粉气和环佩声。

一个在铁血中铸就的王朝，不自觉地翘起了兰花指。

其实，从东汉诸帝的谥号，也能够看出这种日益阴柔的趋势：

光武、明、章、和、殇、安、顺、冲、质、桓、灵……

谥法："能绍前业曰光，克定祸乱曰武""照临四方曰明""温克令仪曰章""不刚不柔曰和""短折不成曰殇""宽容和平曰安""慈和徧服曰顺""幼少在位曰冲"……在越来越频繁的帝位更替中，皇宫上空的阳光越来越微弱，越来越惨淡，而乌云却越凝越重，越聚越多，直至笼罩了整个帝国。

又一次波及十八个郡国的大地震之后，终于有位大臣熬不住，说破了他所参悟的天机："大地，代表阴象，本该安静；如今却超越本职，擅自干预阳政，这才会震动啊。"

仰头望天，他惧容满面，浑身战栗不止。

回看外戚得势的历程，不由令人感慨。同样援引天象，只不过短短几十年，民意对天心的解读就来了个一百八十度的大逆转。

公元 77 年，天下大旱。这次，人们将老天吝啬雨水归结于马太后那几位低调的兄弟受了委屈，不止一位大臣为此向朝廷上书建议封赏外家。然而，进入公元后的第二个世纪，同样的灾难，却被理解成了截然相反的原因：臣民们异口同声，都说这是上天命令皇帝限制娘舅们的权力。

一朝天子一朝娘舅。从汉章帝到汉安帝，窦家、邓家、阎家，各领风骚十数年。终于，随着年仅三十岁的顺帝撒手人寰，外戚的威权被梁家发挥到了极限。

成为寡妇那年，梁妠才二十九岁。

更严重的是她未能替顺帝生育子息。

不过，这并没有妨碍她成为皇太后。梁妠十三岁就入了掖庭，有丰富的宫斗经验，当即从顺帝与其他嫔妃生的儿子中，挑了一个年仅两岁的娃娃，立为皇帝，是为汉冲帝刘炳。皇帝幼小，作为先帝的遗孀，她只能勉为其难，代秉朝政。

就这样，梁妠的同胞哥哥——梁冀，从幕后走到了前台。

梁冀长得耸肩驼背斜眼歪鼻，天生一副奸邪之相。目光无神，言语含糊，好酒贪杯，蛮横残暴，又不学无术，最多只能抄抄写写记个账；但斗鸡走马弹棋蹴球，游乐之事却无不精通。至少有二十年，帝国的朝政，就操持在这样一个纨绔子弟手里，甚至先后立了冲、质、桓三任皇帝。在他秉政期间，一门前后共有九人被封侯，三人做了皇后，六人做了贵人，出了两个大将军，夫人、女儿中有七人享有食邑，三人娶了公主，其他官至卿、将、尹、校的有五十七人，汉家天下几乎成了梁家天下。更过分的是，不仅政事全凭梁冀做主，就连皇宫侍卫也得由他挑选排班，皇帝的吃喝拉撒更是全在他的控制之中；还形成了一个不成文的规矩：朝中官员但凡有升迁的，必须到梁冀府上谢过恩才能走马上任；各州郡孝敬皇帝的贡品也得由他挑剩了才送入宫中。居家更是穷奢极欲大肆搜刮，日后抄没的财产，居然能抵天下百姓当年租税的一半。

在一份官方的褒奖文书上，梁冀被准许同时享有两汉三大名臣的特殊待遇：入朝不趋、剑履上殿等同萧何；所封领地等同邓禹；

巨额赏赐，金钱奴婢车马甲第数量等同霍光。可尽管如此，梁冀觉得自己还是受到了轻视，很不高兴。

"跋扈将军"，应该是对梁冀最恰当的形容。说这句话的，是年仅九岁的小皇帝刘缵。史书上说，此子聪慧非常，小小年纪便能分辨忠奸，若能平安长大，汉家的衰运或许能有所挽回。遗憾的是，正是因为这句话过早暴露了他的不可控制，被梁冀用一碗毒面汤终结了性命。

有趣的是，虽然性格凶悍，但梁冀却极其惧内，畏其妻孙寿如鼠畏猫，丝毫不敢忤逆，若以阴阳解释气运，汉廷之乾纲不振，竟已由君及臣，深入膏肓。

刘缵的暴毙并非毫无价值，起码能教人学会将怨恨埋藏在心底。梁冀精心挑选用来代替刘缵的新小皇帝刘志，从登基那天起，就戴上了一张感恩戴德的面具。但十三年后，在一个月黑风高的深夜，他对梁家发动了攻击。

连刘志都没想到不可一世的梁家竟会如此外强中干。面对只有一千余人的宫廷卫队，梁冀夫妻倒也干脆，二话没说立即自杀；两家宗亲无论老少，一概绑缚刑场；两千石以上的高官被处死的多达数十人，梁家故吏宾客被罢免者三百余人。一夜之间，京师血流成河，朝堂为之一空。

事发突然，朝野鼎沸。人心大快之余，有人想起了梁冀的父亲,上一任大将军梁商。在一次宴会上,老梁将军在酒酣之余所奏的乐曲,竟然是首送葬的《薤露歌》。当时便有人预感到不祥,哀叹:"哀乐失时,国家要遭大殃了。"

国且不提,家先覆灭,这首丧歌原来首先应在他的儿子身上。

薤上露,何易晞!
露晞明朝更复落,
人死一去何时归!

一曲挽歌渐行渐远,外戚,就像一颗在晨曦中干涸的露珠,黯然退出了东汉王朝的主舞台。

梁氏覆灭之时,汉桓帝,也就是刘志,已经二十八岁了。

二十八岁的男人!二十八岁的皇帝!一举将老梁家连根拔起的二十八岁皇帝!

如此霸气外露的信息,令经历了太多襁褓皇帝、尿床皇帝的臣工百姓为之精神一振,眼前出现一道炫目的亮光。所有人都屏息静气,期待着大汉这条萎靡已久的巨龙能够昂起头来,长吟一声,重新腾云而起。

不料,刚刚走出外戚阴影的桓帝,发布的第一道诏书,却结结实实地将举国热情浇了一个透心凉。

"单超封新丰侯,食邑二万户;徐璜封武原侯,具瑗封东武阳侯,食邑各一万五千户,另赐钱各一千五百万;左悺封上蔡侯,唐衡封汝阳侯,食邑各一万三千户,赐钱各一千三百万。"

论功行赏,天经地义,一日之内,桓帝封了五个侯。不过,这五位踩着梁冀尸体登上历史舞台的侯爷,无一例外,全部都是宦官。

退朝的路上,朝臣相顾苦笑。他们本以为就此爬出了泥坑,可到头来却发现,其实是掉进了一个更深的污井。

本想除掉一头恶虎,不料却放出了一群豺狼。

这么多条人命换来的,竟然只是个天大的玩笑。

事后想来,实际上,桓帝针对梁冀的清算,一开始就充斥着阴晦:

最初的策划,竟然发生在皇宫中最隐秘、最见不得人的角落,厕所。

一桩本该与后世康熙擒拿鳌拜性质相近的壮举,硬生生地被桓帝做成了一个先天不足、散发着臭气的阴谋。

"朝廷里有哪些人和梁家不对路?"语调平淡,像是随意的一句闲聊——说这话时,桓帝正在如厕。

贴身服侍的小宦官唐衡先是一惊，想说什么，又犹豫不决。直到桓帝又哼了一声，他才下定主意，斟酌着报上了单超等几个同事的姓名。桓帝随即命人以各种琐碎的理由，将他们一一唤入厕中。

就在这间排泄秽物的幽暗房间里，东汉王朝的第十任皇帝，与五个心怀怨气的失意宦官酝酿出了一个铲除梁家的行动计划。其间，还有个细节，宦官们担心桓帝只是一时冲动，一经挫折自己便可能遭到出卖，双方只得歃血为盟——因在厕内，一切从简，桓帝往一名宦官手臂上狠狠咬了一口，流出血来完成了皇帝与宫奴之间的盟誓。

在血污与秽臭中，东汉帝国姿势丑陋地翻了一个身。

"左回天，具独坐，徐卧虎，唐两堕。"

"一将军死，五将军出。"除了单超骨相轻薄，承载不了太大的福气，受封不久就病死，其余四侯迅速填补了梁冀留下的权力空白——或许是灭梁行动耗尽了桓帝的热情，憋了十三年的郁气悉数爆发后，他心满意足，重新躲入了深宫；除了音乐和女人，他只热衷于烧香拜神，政事全权委托给了当日厕中的战友。

"自是权归宦官，朝廷日乱矣。"（《后汉书·宦者列传》）

不必列举宦官的骄横、贪婪和暴虐。后梁冀时代，政局不仅毫无改观，甚至进一步加快了堕落的速度。

"张常侍是我公,赵常侍是我母。"桓帝的接班人灵帝,居然喊出了这么一句降低整个帝国辈分的口号:普天之下莫非王土,率土之滨莫非王臣。汉家臣民皆以天子为君为父,如此一来,岂不统统成了阉奴的灰孙子了?

在张常侍和赵常侍眼里,他们连孙子都不如。一天,宦官们给灵帝安排了一场别出心裁的马戏表演。他们将一条狗用官帽和朝服装扮起来,摇摇摆摆地带上朝礼拜;灵帝见了竟拍掌大笑,赞道:"好一个狗官。"

悲愤之余,有人甚至怀念起了梁冀:虽然同样残暴,外戚好歹腰下有根,是个纯爷们,而宦官,却是不男不女的妖孽,受其压迫,更多一重屈辱。

宦官好用貂尾作为冠饰。一时间,朝堂之上貂影幢幢阴风阵阵。

大汉的天空,愈发黑云密布。

如果把东汉的历史比作一首乐曲,与西汉挫顿抑扬、高潮迭起不同,在刘秀重重击下一记最强音之后,声调便一路走低,从未有过任何起伏。

公元88年,章帝盛年去世,距离建国只有六十三年的东汉王朝,便仓促地结束了勉强称得上辉煌的华彩段落。

从十岁的和帝登基这年起,帝国的旋律不再浑厚雄壮,甚至连主音也含糊不清;此后的篇章,将由两个敌对的声部共同填写,它们的音符充满着暴戾和怨毒,就像两条殊死缠斗的巨蟒,紧紧勒住了帝国的咽喉。

和帝之后的东汉,几乎都在重复着一个无法走出的怪圈:皇帝年幼,外戚擅权作威作福;小皇帝长大,不甘受娘舅摆弄,便与宦官合谋除掉外戚;皇帝亲政,宦官由重用到专权;皇帝照例短命,太后拥立幼主,外家重新得势,对宦官实施报复芟鹈;在清算中幸存的宦官退回后宫,耐心服侍皇帝长大……

虽说太阳底下无新事,但事态总在悄然发生变化,何况每一次反复,都将彼此的仇恨增加一倍。桓灵之后,宦官势力日益庞大,已不是某个集团单打独斗所能抗衡,于是,随着梁冀倒台遭到重创的外戚,与外朝士大夫站在了一起。

尽管从前也受过不少外戚的欺凌,但那毕竟都是男人之间的恩怨,可以暂时放在一旁;而他们与宦官的矛盾,却是如阳根一旦切除便无法复生一样不可调和。士大夫们利用一切机会,近乎疯狂地发泄着心中的仇恨。最解气的一次,便是司隶校尉阳球,找到把柄将宦官王甫连同他的干儿子王萌关入了大牢,亲自指挥拷打;王萌自知在劫难逃倒也认了命,只请求阳球念他老父年迈,能给个痛快;阳球当场咆哮,用泥塞住王萌的口鼻,将父子二人用最残酷的刑罚活活折磨至死，并将王甫的尸体磔碎，扔在宦官经常出入的城门口示众。

当然，触及宦官，所有的一时痛快，都必须加倍付出代价。几个月后，阳球被捕，惨死狱中。

外戚士大夫联盟与宦官的终极决斗发生在公元189年。灵帝死后不到半年，士大夫领袖袁绍，率领禁军纵火焚烧宫门，攻入皇宫，对宦官进行了灭绝性的屠杀。无论老幼良善，概不放过，甚至连不长胡须的平民都带累了不少，情急之下，有人只能当场脱下裤子验证自己的性别以免遭冤死。

此次总攻中，共有二千余名宦官丧命，他们的头子，灵帝的"我公"张让在绝望中跳入了黄河，宦官势力被彻底扫荡。不过，当袁绍等人喘息着放下屠刀，却惊惧地发现，汉家的元气也在这场酣畅淋漓的复仇行动中消耗殆尽。

多年以来，汉家皇脉，全凭一股阴气苟延残喘；孤阴不生独阳不长，阴阳互为根基，如今阴气灭尽，阳气同样涣散——

一轮残阳轰然坠地，东汉王朝已经走到了末路。

可以这样说，东汉之亡，亡于外戚与宦官。按理，对这两样身边的祸患，稍有阅历的汉主都应该早有戒备，尤其王莽以外戚起家悍然篡位，更是汉室心头永远的痛，不可能毫无防范。

事实上，两汉的明主对外戚的确保持有足够的警惕。汉武帝在诏立八岁的刘弗陵为太子后，随即处死了其母钩弋夫人，并对莫名其妙的大臣们这样解释："国家朝政之所以屡屡动乱，就是因为主少母壮的缘故。太后如果骄纵，一人把握朝政，无人能制，你们难道忘了当年吕后的情形吗？"

英雄所见略同。再造汉室后，刘秀便开始压制外戚势力，"不假后党以权"，并严惩与外戚结交的宾客，轻者贬官重者处死，防止他们结党营私；随着年龄的老迈，他对外戚的戒心越来越重，临终前四个月，甚至派人祭告高庙，削减了吕后的尊号，宣布她不宜配食高祖。

明帝继承了乃父的政策，明令"后宫之家不封侯与权"，外戚授官以九卿为限，继续严束外戚，还曾经不顾他的母亲阴太后伤痛，处死了她的兄弟——一个犯罪的嫡亲娘舅；封开国功臣"云台二十八将"时，更是特意忽略了功勋显赫的伏波将军马援，只因为他的皇后就是马援的女儿。

但历史的荒诞就在于此：一个从一开始便将外戚作为假想敌的王朝，最终却成了几千年来外戚乱政的巅峰和标本。回头重新审视这个南辕北辙的悲剧，更令人唏嘘，原来打开潘多拉魔盒的，正是两汉最英明、最清楚外戚危害、谥号中都带了"武"字的雄主——

前面提到的汉武帝与光武帝。

或许，这也是另一种形式的物极必反、阳极化阴。

就像飓风起于青蘋之末，这场违背设计初衷的角力游戏，启动标志，只是一个看似微不足道的官职调整。

"尚书。"

尚书原本只是一个官秩六百石的低级官员，与尚衣、尚食、尚冠、尚席、尚浴，同为伺候皇帝饮食起居的"六尚"之一，虽然比其他五尚多了点书卷气，说到底也不过是宫里的杂役。

武帝时，尚书忽然走运，作为皇帝的亲信屡屡被派遣出宫，参与朝政处理。很快，以尚书为基础，汉武帝选用一些中下级官吏，组成了一个宫中决策机构，称为"中朝"；而原来以宰相为领袖的三公九卿等朝官，则被称为"外朝"。

设立"中朝"，实为武帝削夺相权的一大撒手锏。

寻根溯源，宰相最初与尚书一样，也是天子或者诸侯等封建贵族的私臣：祭祀时宰杀牲牛（宰）、平时掌管家务（相）；不过，随着秦汉"化家为国"，它的权责也由一家扩大到了一国。

汉初，宰相比皇帝只差一肩，威权极大。据汉家制度，宰相谒见，皇帝如果坐着，应当起身，如果乘车，应当下车；宰相有疾，皇帝应当上门探视；宰相去世，皇帝应当亲自凭吊。在相当程度上，相权能对君权能起到有效的制衡，因此，君相之间屡有冲突。

比如邓通倚仗文帝宠信，对宰相申屠嘉傲慢无礼，申屠嘉命令邓通来相府请罪，否则便要诛杀；邓通向文帝求救，文帝说宰相召见，他也没办法，无论如何你还是要去的；邓通无奈，免冠赤脚前往相府，以头抢地磕出血来，可申屠嘉还是威胁要杀了他，直到文帝派人前来，先诚恳道歉，然后才低声下气地讨回邓通。以帝王之尊，也差点保不住自己的宠臣，于此可见丞相之尊严。

以汉武之雄猜，势必不容任何形式的系绊。一方面，他擢拔公孙弘之类平民为相，降低原本具有军功背景的宰相档次，另一方面则以直接操纵的中朝强化君权。从此，代表着皇帝的中朝，权力渐次超越了以宰相为首的外朝。

中朝地位本已渐高，汉室中兴后，光武又着实添了一把火。他虽然也按传统官制设置了三公九卿，但将国家权力全部集中于直属皇帝的尚书台。台臣职卑权重，出纳王命，总揽一切，凌驾于百官之上。一般情况下，外朝官员只能执行内朝命令，而不再参与决策；他们若要执掌机要，必须取得"领尚书事""录尚书事"之类的头衔。

如此，宰相几成虚衔，君主再无掣肘，汉武光武异代同心，携手打造了一个动力强劲而又运转如意的帝国心脏。

然而，他们都没有想到这种近乎完美的集权所带来的严重后果：到头来，自己的一片心机，却不过是给他人做嫁衣裳。

铁打的皇宫流水的帝。

两位武帝可能都忽略，抑或故意回避了这样一个残酷的现实：本质上，他们的努力，其实只是将帝国的权力尽可能地收拢，千头万绪一丝不漏统统纳入皇宫高墙；可最终操纵这些权力的，并不能保证一定就是皇帝本人。

对于任何一座宫殿，再伟大的皇帝，都只是一个匆匆过客。且不提胸襟胆略难以复制，根据生物法则，随着与大自然的隔绝——比如说生于深宫中长于妇人手——任何种族还要不可避免地开始退化。这种退化表现在皇位传承上，除了健康生育寿命等体能指标显著下降外，还势必造成一代不如一代的无奈局面。

对此，史家赵翼有个生动的形容。他说刘家气数早在西汉元成之间就开始滑坡了，刘秀属于旁支，他的崛起，就像百年老枝发出新芽，虽然看似繁茂，实则生机已薄，之后枝上生枝，势必越来越不景气，一折便断。

好比大禹留下的定海神针再也无人能够扛起，雄主当初为自己量身定做的权杖，他们持续弱化的子孙挥舞起来也越来越力不从心。

但如同洪水必须宣泄，被集中在高墙里的权力也不能有片刻闲置。张三失败李四来，外甥不行娘舅上——面对迫切需要调度的庞大帝国，可以自由出入皇宫的娘舅成了最合适的代理人。几轮操盘下来，牯牛就能挣脱绳索，令汉武光武关于外戚的禁令变成一纸空文。

更严重的是，由于刘秀饱读儒书，严于男女大防，中兴之初便将皇宫内所有的岗位换成了阉人，净化宫闱的同时，却也重创了高墙内的阳刚之气——西汉时期，内廷宦职本无定制，士人阉人杂用——这项将皇宫彻底阴化的制度沿用了几千年，直到溥仪被逐出故宫："除了皇帝自家人之外，（整座皇宫）没有一个真正的男性。"（溥仪《我的前半生》）

与外戚相比，阉人，这些并非"真正的男性"，更能看清权力的真相：他们比世界上任何人都更清楚所谓的龙子龙孙究竟是什么玩意，他们对皇帝太后们的熟悉程度甚至可以精确到每一枚龋齿每一个痔疮。

理所当然，他们也就成了外戚唯一而又最有力的竞争对手。

然而宦官本身也并非铁板一块。按照不同的服务对象，他们其实分属皇帝的后党与妻党，即便在民间，婆媳也不易相处，何况后宫。因此皇宫内部，同样钩心斗角纷争不已。

这些围绕着权杖的血腥厮杀，被宫墙包裹得严严实实。虽然明知帝国的心脏每天都在遭受没有底线的蹂躏，但被严格隔绝在权力核心之外的朝官们，空有满腔热血，却束手无策。尽管理论上他们谁都可以针对朝廷的弊病提出批评，不过每一份豁出脑袋写下的奏章，最终的审核人不是一心想感化的皇帝，而是他们所激烈弹劾的外戚或者宦官本人。

他们只能眼睁睁地看着两面大旗在宫墙之上轮流竖起，又轮流倒下，捶胸顿足号啕痛哭。

直到那天，董卓放起一把火，将这座阴森森的宫殿烧成了灰烬。

虽然更直接的原因是为了躲避关东的讨董军，但董卓将帝国的都城迁回长安，理由却是洛阳的王气已然耗绝。

尘封近两百年后，未央宫重新开启。那一刻，回首王朝的前世今生，满腹辛酸的大臣们，应该会想起当年同样推开过这道宫门的樊哙将军。

英布造反时，高祖刘邦正在病中，讨厌见人，不准任何大臣入谒。十几天后，樊哙终于忍耐不住，带领群臣径直闯宫，却看到刘邦正枕着一个宦官的大腿睡觉，樊哙痛哭流涕，责备刘邦不该消磨壮心，远离大臣，只与宦官厮混，还提醒他不要忘了赵高的教训。

刘邦闻言苦笑，只得推开宦官，站了起来。但当他再次凝视着满脸忠诚的樊哙时，目光中却流露出了一丝掩饰不住的杀机。

樊哙娶了吕后的妹妹，自知时日无多的刘邦，自然将其划入了吕后一党。

这一切，都被那个小宦官看在眼里，他的嘴角微微抽搐了一下。

皇帝，外戚，宦官，三大主角已然悉数登场——

洛阳的祸根，早在长安便已经埋下。

相关史略：

公元 78 年，章帝立窦氏为后，窦后兄弟并侍宫省，宠贵日盛，王公侧目；窦宪竟以贱价强买沁水公主园田，公主畏之，不敢计。

公元 92 年，和帝以中常侍郑众所掌禁军，诛除窦氏集团，逼窦宪自杀，"中官用权，自众始焉"。

公元 105 年，中常侍蔡伦改进造纸工艺，利用树皮、碎布、麻头、渔网等造纸，奏报朝廷，受和帝称赞，造纸术也因此而得到推广。

公元 121 年，邓太后卒，安帝亲政，大将军邓骘遣就国，自杀。

公元 125 年，安帝崩，阎太后"欲久专国政，贪立幼年"，乃与阎显迎立章帝孙北乡侯刘懿，不终年而死；宦官孙程等谋立废太子刘保，是为顺帝，囚阎太后，杀阎显。

公元 150 年，弘农人宰宣欲取媚于梁冀，上书言大将军有周公之功，今既封诸子，则其妻亦宜为邑君；桓帝遂封梁冀妻孙寿为襄城君，岁入五千万。孙寿貌美，善为妖态，作愁眉，啼妆，堕马髻，折腰步，龋齿笑，以为媚惑；性嫉妒，能制御梁冀。

公元 180 年，灵帝册封何贵人为皇后；何后骄纵嫉妒，其时后宫王美人有孕，惧之，欲堕胎不果，次年诞一子刘协，即为献帝；何后妒，鸩杀王美人；灵帝大怒，欲废后，然终不了了之。

公元184年，黄巾起义，中常侍吕强建议诛奸宦、赦党人；中常侍赵忠等诬吕强效仿霍光图谋废立，吕强自杀。

有儒如林

梦里，郭亮发现自己骑着一只大鸟飞上了天空。人群，宫殿，河流，甚至山脉，都在身下一一萎缩，隐去。不断有云团迎面兜来，潮湿、黏滑、冰凉，并且有些污浊，并不像在地面上仰望时那么洁白，还隐隐散发着令人作呕的腐臭。耳畔除了风的呼啸，便只有翅膀扇动的声音。

翅膀扇动？郭亮一惊，猛地醒了过来，他下意识地挥了挥长袖。

袖风到处，几百只绿头苍蝇嗡一声四散炸开，李固重又出现在了郭亮面前。

更确切地说，郭亮又看到了李固的头颅；而他的身躯，则横躺在两尺之外。与此同时，各种声响——脚步，咳嗽，私语，还有稍远处店家的叫卖，马鞭的抽打，车轮的滚动——如潮水般涌来。十五岁的少年郭亮不禁有些眩晕。

这是洛阳北门内侧，官道旁的一块空地，李固的尸体被展示在这里已经是第十二天了。这十二天中，郭亮一直跪坐在遗骸前，日夜不停驱赶着蝇虫。

实际上，郭亮的体力也已经到了崩溃的边缘，但他还是坚持着，不让自己倒下去。最近几天，他发觉自己的身边越来越空旷了，不仅围观的人越来越少，连路过的行人都加快了脚步，闭目掩鼻匆匆而过。

郭亮的嗅觉早已麻木，但他看到，李固脖颈的截断处流出了一摊稠厚的黄水，黄水中还蠕动着好几条肥白的蛆虫，有的竟然顺着耳根慢慢爬近了眼角——李固眼中的怒火早已熄灭，脸颊的尸斑也已经开始膨胀，溃烂，看起来相当狰狞。

郭亮却毫不犹豫地俯下身去，把李固的头颅抱在了怀里，将蛆虫一条一条摘除下来，动作细致而轻柔，好像生怕弄疼了死者。两绺鬓发散乱的头几乎靠到了一起，郭亮憔悴的脸上，也显示出了死亡的晦暗。

"唉，这又是何苦呢！"远远地，从城门楼下传来了一声叹息，是那个一直监视着郭亮的亭长。他随即重重吐了口唾沫，含糊不清地低骂了声：

"见鬼的世道！"

被绑上刑场之前，李固担任的最后一个职位是太尉，是政府级别最高的"三公"之一；而在朝廷大员之外，李固还有一个身份：儒家经典的著名学者，汝南少年郭亮便是他众多学生中的一个。

公元147年，李固因受当权外戚梁冀陷害被诛，时年五十四岁。行刑之后，梁冀下令将李固暴尸街头，不准收敛，也不准吊唁，敢有违抗者一律从严治罪。然而，在如此强压之下，郭亮还是挺起了尚未发育完全的单薄身躯，一手举着送葬的礼器，一手提着腰斩用的铡刀，来到宫门外伏阙上书，以自己的生命为代价请求为老师收尸。理所当然地遭到拒绝后，他不顾弹压秩序的亭长的阻拦，来到李固遗体前痛哭一场，就地护尸守丧。直到十多天后，消息传入深宫感动了太后，才勉强网开一面，听任郭亮将亡师送回乡里归葬。

无论当时还是后世，李固的死都是一件大事：诚然，他不是第一个被按倒在断头台上的三公，但毋庸置疑，在东汉后期，以几乎无懈可击的品德载入史册的李固，绝对算得上一位影响力巨大的官员楷模，天下儒生的精神领袖。

于是，李固的死，也就有了某种标注历史的意义：随着那颗曾被相士目为贵不可及的头颅——李固天生顶骨隆起如同犀角——滚下尘埃，一场针对道德权威的清剿拉开了帷幕。

这场屠杀的高潮集中爆发在李固服刑的二十多年后。两三年间，洛阳城北陆续陈列了一百多具残缺不全的尸骸，由于吸收了太多血污，那块泥地变得无比肥沃。被朱砂笔勾销生命的，几乎全是大儒君子、李固的同志和战友：陈藩、窦武、李膺、杜密、范滂，每颗人头的坠地，都能够引发一轮波及全国的剧烈震动。

应该说，倒下的还远远不止这一百多位烈士。他们的门生故吏、父兄子弟乃至远近亲属，也同样遭到了严厉惩罚；即使能逃脱入狱和流放，也一律被罢免所有官职，赶回老家禁锢，终身不许复出。据粗略统计，因受到牵连而被剥夺政治生命的，至少有六七百人；这样的数字，足以改变整个帝国政局的性质。

这一场浩劫，被史家称为"党锢之祸"。

关于"党锢"，一般的表述是：发生于东汉桓灵二帝年间，以打击结为集团的朝廷反对派——即所谓的"党人"——的名义，全面迫害儒生士大夫的政治事件；连处死带禁锢，总共制裁了上千人，其中有史可查姓名的便有数十人，处罚力度之重，打击范围之广，在中国历史上可以说首开先河。

党锢事件之所以被后人反复提及，首先在于遭到镇压的对象，几乎都是世俗意义上的好人，德行操守能够通过最严苛的史家审核；某种意义上，他们承载着整个社会的光明和道义。因此，很多人把东汉王朝的覆灭，甚至之后长达几百年的分裂割据，都归咎于这批人的集体倒下——他们坚信并强烈愤慨,认为正是这场对君子的大规模屠戮,耗尽了汉家原本就残存无几的元气。

道消魔长。作为对立面,大部分史书都将宦官列为这场浩劫的元凶。的确,针对党人的全部弹章和逮捕令,乃至判决书,其策划、起草和执行者,都出自宦官集团;而党人们也与宦官誓不共天,只要有机会还击,除了宦官本人,连他们的亲属、宾客、朋友,甚至年迈的父母,都会遭到报复性的虐杀。

柏杨先生曾经粗略统计过,从公元159年"五侯"登场到189年宦官全体被杀,士大夫与宦官至少发生了三十次激烈的交锋;而几乎每一个回合,都必须付出若干条鲜活的人命才能得到暂时休憩。可以说,士大夫与宦官两大集团,便是在杀人或者被杀这两种方式的反复置换中,度过了那戾气深重的三十一年。

事件看起来相当清晰。正邪不两立、冰炭不同炉,君子与小人势必有一场终极决斗;党锢之祸,不外是一局结果令人痛惋、正义方一败涂地的惨烈战役。

这就是全部真相吗?

记载这段黑暗岁月的史书,其实相当粗疏,存在着太多的吞吞吐吐;深究下去,甚至会产生这样的感觉:文献中的种种矛盾和语焉不详,很可能都是撰史之人有意为之——因为大量看似龃龉的线索其实都指往同一个方向。

这极有可能是一段令史家存在着某种顾虑，欲言又止的纠结历史。

史书通常把党锢之狱的起点定在桓帝延熹九年，即公元166年。如《后汉纪》云："（延熹九年）九月，诏收膺等三百余人，其逋逃不获者悬千金以购之，使者相望于道，其所连及死者不可胜数，而党人之议始于此矣。"

正如蝴蝶的翅膀可以掀起一场风暴，延熹九年（166年）的大狱，最初的导火索只是一次事实上堪称精准的占卜。河南人张成，是一个精于占卜的术士，推断出不久之后将会有一次全国性的大赦，因此指使儿子杀掉了一个结怨已久的仇人。如其所卜，朝廷的赦令在杀人偿命的判决书之前派发到了衙门，只不过张成终究欠缺了点火候，没算出负责这个案子的是李膺。李膺时任河南尹，平生最痛恨这种卑鄙伎俩，于是不顾赦令，毅然将该犯当众正了法。这无异于捅了马蜂窝——张成背后有人，有一大群被其方术蛊惑的宦官，何况李膺原本就是宦官集团多年以来一直处心积虑想要拔掉的眼中钉。于是，一份弹劾李膺及其同党目无法纪蔑视朝廷的奏章很快送到了桓帝的案头。经过宦官煽风点火，桓帝震怒，下令逮捕李膺、杜密等两百多人。尽管在群臣的营救和强大的舆论压力之下，桓帝最终不得不悻悻然释放了全部党人，但仅仅两年之后，宦官屠刀再举，新账老账一起算，这次再没有任何宽容，天罗地网在劫难逃，党锢之祸就此全面爆发。

但《后汉书》却在叙述张成、李膺的公案之前，另外加了一个帽子，记的是桓帝刘志即位之初的事。刘志少年时曾受学于甘陵儒师周福，登基后立即将老师提拔为尚书；与周福同乡的大儒房植，当时也很有些名气，两家的宾客因此彼此不服，相互讥讽挑衅，双方梁子越结越深，不久甘陵学界便分成了南北两部。在这段文字之后，范晔如此总结："党人之议自此始矣。"

《后汉纪》的"党人之议始于此矣"，与《后汉书》的"党人之议自此始矣"，文字几乎完全相同，相关事件却足足相差了二十多年——甘陵学子为了周、房二师孰优孰劣争得面红耳赤之时，李膺还只是个中下级的地方官，辗转于帝国的多个角落，心情复杂地遥望着京都洛阳；而日后要了他的命的大小宦官们，还低眉顺眼地在深宫之中洒扫服侍。双方的能量都还在积蓄阶段，短期内还看不出有正面交集的迹象。

因此，《后汉书》加的帽子，意味深长。经此一铺垫，党锢的起因，由《后汉纪》中单纯的李膺擅杀事件，提前到了二十多年前儒学界的内部竞争。

《后汉书》晚于《后汉纪》五十余年，通常情况，如果两书有出入，当以早出者为准。然而后世的大部分史书，却都采取了《后汉书》的说法，其中包括以严谨著称的司马光，这不能不令人深思。

此外，史界对李固之死的评述，同样具有某种有意无意的错位。关于党锢，许多史家提出过"前后李杜"的说法，"后李杜"，即李膺与杜密倒也正常，但在以宦官为对立面的前提限定之下，把"前李杜"——死于外戚之手的李固及同时罹难的杜乔——也视作党锢的牺牲品，不免令人有些费解：

标志着中国历史上第一次宦官时代到来的"五侯"，要在李固被杀的十二年后，才从桓帝手中接过那叠将整个王朝拖入深渊的诰封诏书。

更大的疑问还在于，虽然《后汉书》提出了以甘陵学界的分裂为党议之始，但对两位当事人的是非曲直，却未下任何判语。当然，结合别的章节，我们还是能够得知房植是一个贤人，曾受到过李固的举荐，也举荐过一些著名的党人，把他归入党人一方应该没有问题。但关于周福，除了简单的帝师经历，所有史籍都没有更详细的记录，甚至在桓帝之外，其他学生连姓名都没有留下一个，对其学术政见更是只字未提，好像有人精心抹去了他所有的痕迹。

总而言之，这场党锢，来得不无诡异：正邪双方并没有同时登台，至少，宦官的出场要比后人想象中晚得多。很长一段时间，"党人之议"的罪名下，遭到迫害的正义一方，唱的其实是一出对手虚化的独角戏。

就像堂吉诃德与风车的大战。

种种迹象表明,关于党锢,我们不应当满足于"坏人压抑好人和好人反抗坏人"的简单论述,而应当努力挖掘杀戮背后的真实,正如学者黄仁宇对此的发问:

"既有坏人为朝中的独裁者,如何又有这么多的好人做大官?并且朝中长期间的斗争不出道德的力量与恶势力的抗衡,为什么汉亡之后,这种对峙的形势不能继续,却引起了一个魏晋南北朝长期分裂的局面?"

带着这样的疑问,我们重新审视这段历史的晦暗不明之处,沿着周福的特殊身份顺藤摸瓜,很快,在外戚与宦官之外,又有一个神秘的身影慢慢浮出了水面。

令这个身影暴露的,是两道淹没于海量史料中,内容寻常、言辞平和,看似毫不起眼的诏书。

"(延熹)八年春正月,遣中常侍左悺之苦县,祠老子。"(《后汉书·孝桓帝纪》)

"(光和元年)始置鸿都门学生。"(《后汉书·孝灵帝纪》)

这两次由皇帝亲自主持的政府行为,前者一目了然不必多加解释，而灵帝设置的"鸿都门学"，在当时却曾引起过轩然大波。

"鸿都门学"，因位于洛阳鸿都门而得名，开设有辞赋、小说、尺牍、字画等课程，被誉为中国乃至全世界最早的艺术类专科大学。

以灵帝喜好风花雪月的文艺青年性格，开办鸿都门学完全在情理之中，何况，提倡美学、加强国民艺术修养也不是什么坏事；然而，这看似无伤大雅的鸿都门学，却招来了出乎意料的大量抨击：以蔡邕、杨赐等为代表的士大夫，对此纷纷提出了强烈的反对，直到范晔著《后汉书》时依然将鸿都门学斥为"群小"，视作桓帝身边的"便嬖子弟"。

蔡邕们的抗议不难理解。的确，与传统的儒家学校相比，鸿都门学有着太多的离经叛道：首先是教学内容摒弃已被奉为神圣的经学，专攻写写画画的雕虫小技；其次门槛无限放低，只要能通过考试，贩夫走卒都可以入学；最不能容忍的还是，如此不登大雅的学府，学子出路却极其优厚，毕业后短短几年便出为刺史太守，入为尚书侍中，愈发将太学生狭窄的前途比照得黯淡无光。

蔡邕、杨赐在政坛上打拼了半辈子，都是老江湖，一眼就看穿了灵帝的小算盘：个人兴趣与提倡文艺云云都只是幌子，设置鸿都门学还有一层不能明说的心机——与太学争夺知识分子，以培养另一股政治力量。

如果这样的猜想成立，回头再看桓帝郑重其事祭祀老子，求仙祈福的低层次迷信之外，未尝不可理解为提升道家地位，以抗衡乃至抑制孔门儒教的努力。

进而将这种逻辑推演下去：三公九卿明码标价，令桓、灵二帝遗臭万年的公开卖官，把贪婪发挥到极致的背后，是否还有一重另创一套选官标准的动机呢？

桓、灵二帝，一试图从信仰上强压，一试图从内部分化，潜意识里竟赫然将散布于天下的芸芸儒生，统统视作了心腹大患。

一念及此，蔡邕不禁倒抽了一口冷气；但只沉默了片刻，他便再次提起了笔：

"臣伏读圣旨，夫书画辞赋，才之小者，匡国理政，未有其能……"

蔡邕知道自己不是孤军作战。

经过一百多年的涵育，光武帝奖励儒术的国策，已经收到了巨大成效。到桓帝时，全国最高的儒学教育机构太学，已扩展成屋舍二百四十房，一千八百五十室的庞大建筑群；太学生的人数，也由前汉武帝时的博士弟子五十人，增加到了质帝时的三万余人。这还不包括私人授受的数目：东汉讲学之风极盛，稍有名气的经师，收徒动辄数百逾千，甚至多有过万者。根据《晋书·地理志》，桓帝时全国人口约为五千六百多万，除去女性和老幼，儒生所占的比例相当惊人。

到了东汉后期，以太学生为基本队伍的儒士集团，已经形成一股不容小觑的政治势力，不仅掌握了舆论导向，并且越来越频繁地利用学术上的高度，评价、指斥并尝试着参与朝政。对此桓帝的感触可谓深刻至极，因为这帮血气方刚的年轻人不止一次干涉了帝国的政务，甚至逼着他不得不大失面子地更改诏书：

公元153年，"太学书生刘陶等数千人诣阙上书"。

公元162年，"太学生张凤等三百余人诣阙讼之"。

这两次声势浩大的集体请愿都取得了胜利：虽然间隔九年，但桓帝都选择了认输，分别释放了被自己打入天牢的大臣朱穆和皇甫规。

可以想象，当太学生亢奋的欢呼声浪，如同海啸般穿越重重高墙，传到宫殿深处时，桓帝脸色的铁青。

二十二岁与三十一岁，这两次对太学生的退让，都发生在一个男人脾气最大的时候，何况桓帝并不习惯轻易妥协，铲除梁冀便是其不甘大权旁落的最好例子。诚然，太学生引经据典的奏章，于他而言，就像经过圣人和祖先背书的符咒，或多或少会有所敬畏，可更令他心存忌惮的，还是站在太学生背后的那群人。

太学不仅是儒生的培训基地，也是士大夫的后备军营。太学生与朝官之间，有着千丝万缕的密切联系，或者说他们中的大部分本来就是一家人："大将军以下至六百石，悉遣子就学。"（这也是灵帝开鸿都门学从平民中招生的原因）桓帝十分清楚有很多官员对自己心怀不满，知道假如他们与太学生抱成一团，会使自己愈发陷于被动——起码，他将被以失德的名义彻底孤立。所以，他不得不极其谨慎地敷衍好每一次名目不同的学潮。

太学生们当然更明白其中的利害，因此他们制造各种机会展示着自己与所谓"好官"们的心心相印。其中李膺与郭泰的交往，尤其具有象征意义。

如前所述，李膺是正直官员的代表，而郭泰则是名震京师的太学生领袖，游学洛阳时，结识李膺并成为挚友。郭泰返乡，官吏儒生倾城相送，车子竟有数千辆之多。到了黄河岸边，郭泰揖别诸人，只与李膺一人登舟飘然而去，"众宾望之，以为神仙焉"（《后汉书·郭符许列传》）。

史载郭泰身高八尺，容貌魁伟，李膺也是眉目如画气宇轩昂，二人褒衣博带，在船头携手迎风而立，在那一刻，似乎世间所有的亮色都聚焦在了那小小的甲板上。欸乃声中小船渐行渐远，终于隐没于天际，众人惋叹着回头，再看都城时，顿觉狼藉满目。

这次被后人津津乐道的离别，与其说是一次送行，不如说是一次力量的检阅，一次形式巧妙的示威。

那天，洛阳城中有很多双耳朵，警惕地聆听着黄河岸边的动静，特别是千万只木轮同时滚动发出的沉闷轰鸣——对于他们中的很多人，这样的声音，就好比某种硬物即将朝着自己碾压过来的危险信号。

其中应该包括桓帝，抑或说，任何一个强自镇定的皇帝。

儒生们已经触及了帝国最核心的权力禁区。

由于简短易记，风谣一直是儒生表达政见的重要形式之一。如何用谐韵，生动，又朗朗上口的一句话来概括某个人物，成为一门技术含量颇高的显学。一句精彩的评语，极短时间便能被无限复述，由京城传遍全国，从此成为所评对象不可分割的姓名前缀，伴随着他走完余生并一起被埋入地下。

天下模楷李元礼（李膺），不畏强御陈仲举（陈蕃），天下俊秀王叔茂（王畅）。从这几条被史家郑重收录的风谣可以看出，儒生们品评人物的口气极大，动辄以天下目之，好像他们仅凭舌尖便能卷起整个江山。

除了好以"天下"作背景，儒生们还用"三君""八俊""八顾""八及""八厨"之类名号，将所有被他们认可的名士依照特点划分门类。且不说其中领衔的"君"字引起真正的君主猜忌，如此秩序分明的归类，难免会令人怀疑，这是否是在正统官制之外的另起炉灶——而"俊""顾""及""厨"所意指的各种美德,如"以德行引人""以财救人",也很容易引起某种重新分配行政职能的僭越联想。

这些精心炮制的风谣有着难以估量的影响力,事实上它们也对所有人造成了极大压力,甚至恐惧:"自公卿以下,莫不畏其贬议,屣履到门。"(《后汉书·党锢列传》)他们以最虔诚的态度,希冀能从儒界大佬嘴里讨得三言五语正面的评价——很多人甚至把得到李膺的接待视作一生最大的荣耀,名之为"登龙门"。

当朝廷任命的王公大臣朝着官阶比自己低得多的李膺弯腰下拜时,不可否认,起码在这一刻,洛阳城中出现了另一个堪与皇权分庭抗礼的政治中枢。

如果说这些分析过于敏感的话,那么从学术上,人们也能够隐约揣摩到儒生的野心。与皇家倡导的老子崇拜与鸿都门学相对应,同时期的儒学有一个重要修订,即孟子地位显著上升。《孟子》一书在儒家诸子中本非特别突出,但在东汉中后期研习者却骤然增多,"亚圣"的尊号也在此时被提出,其中意味值得三思。

北宋大儒程颐认为孟子"有些英气,才有英气,便有圭角",还分别用玉和水晶来比喻孔、孟二圣,说水晶固然光彩夺目,但与玉的温润含蓄相比,气象终究略逊一筹。确实,孟子比孔子更加清高自负,意气风发锋芒毕露,尤其看重士人在君主面前的独立和尊严，愿做王者师而不甘做王者臣，多次因为诸侯礼数不周怫然而去，更是曾大声疾呼"民为贵、社稷次之、君为轻"，公开挑战君权。

与孟子一脉相承，很多党人高调表现出了针对皇权的倨傲。比如郭泰，时人便有"天子不得臣，诸侯不得友"的赞语。

此外，在东汉，《孝经》得到了前所未有的拔高，甚至被赋予了神秘力量：比如黄巾乱时，名士向栩竟然向朝廷建议，不必兴师动众，"但遣将于河上北向读《孝经》，贼自当消灭"。其言之荒唐暂且不提，许多学者已经觉察，《孝经》走红的背后，隐藏着一股以"孝"来稀释"忠"的影响力的学术暗流。

然而这种种不逊，无论桓帝还是灵帝都发作不得，因为所有儒生都庄严声明，他们的所有努力，根本就是为了捍卫皇家的权威，替命在旦夕的帝国剜除即将侵入膏肓的毒瘤：外戚或者宦官。

臣等拳拳爱君之心，天地可鉴啊，皇上！

梁冀倒台后，李固平反，幸存的后人也得到了朝廷抚恤。但此时他的女儿却告诫其弟，此后言行务必更加谨慎，尤其不能提起杀父仇人梁冀："加梁氏则连主上，祸重至矣！"

李固的女儿被史家誉为"贤而有智"。她心如明镜，无论多么委屈，多么怨恨，但总有一些目标必须绕开。

到了两汉，与仁义一样，对君主的忠诚，也作为儒学体系的重要根基，深深烙在了所有儒子的精神深处。既然高举旗帜，当然不能自己带头反对，因此，儒生们陷入了一个投鼠忌器的境地：汉帝昏庸有目共睹，所有人都知道真正的祸根就掩藏在龙袍底下，但是谁也没有足够底气，将手中的投枪重重掷出。

在这样两难的形势下，劣迹斑斑的外戚或者宦官，由于其与君主无限接近的距离，成为最酷肖的替身，承受了儒生士大夫的全部怒气；宦官尤其是他们最顺手的靶子——这天底下，还能找出另外一个如此令人鄙夷、如此集人间所有丑恶于一身的群体吗？

从李固女儿的忠告可以看出，所谓"党锢"，本质上更接近皇帝与儒生士大夫两大阵营的博弈，但不无荒诞的是，彼此的火力在撞击的最后一刻，却都心领神会地错开，转而选用第三者——比如宦官——作为攻击对手的致命武器。

就好像两位武林高手，用隔山打牛的隐秘方式凶险地比拼着内力。

将近两千年后，我们可以看清，这场斗争最终并没有产生胜利者。汉帝自甘堕落固然不可救药，儒生付出的巨大牺牲，也未能收到预期的效果。

其实很多年以前，孔子就对此类行为有所评判："名不正则言不顺，言不顺则事不成。"一场不能公开真正攻击对象的战役，从擂响战鼓的那天起，就已经注定了失败的结局。

似乎对此有所预感，著名党人范滂，人生的最后一程走得有些伤感。他留给儿子的最后一句话是："我若是希望你作恶吧，恶不可为；希望你行善吧，我一辈子并没做过坏事却——"

范滂并未把话说完，朝着灰暗的天空长叹一声，黯然踏上了通向死亡的囚车。

感到迷茫的不只是范滂，儒生集团内部也存在不少质疑的声音。比如仇览在太学时与名士符融宿舍相邻；符融每日宾客盈室，仇览却紧闭房门，从不参与，符融开导他说，当今京师英雄四集，正是志士交接之时，此时不出来大展身手，读死书有何用处；仇览正色道："天子修设太学，岂但使人游谈其中！"言毕高揭而去，再不与符融说话。

一个数万众的庞大群体，必然不可能长期保持纯粹。毋庸讳言，在仅凭言行便有可能迅速获得名声并因此进入仕途的背景下，太学不可避免会变得浮躁而功利，甚至虚伪——即使李固，也因其对容貌与谈吐的过分修饰曾被讥为"搔首弄姿"。实际上，也曾有学者指出，儒生与宦官的搏杀，相当程度在于利益的争夺，如黄仁宇便认为："两方与官僚皆串通一气。公元135年的诏书，让宦官之义子继承他们的头衔与家产，因此涉及各郡县之地产，只有使问题更为复杂。"

这种未必见得光明的驳杂，势必会影响斗争的走向，从而愈发降低原本就微乎其微的胜算。当党人发动凌厉攻势，看起来形势一片大好时，有位叫申屠蟠的名士就预言焚书坑儒的惨剧即将重演，随即逃入荒野，"以树为屋"度过了余生。

即便是党人的领袖郭泰，对未来也毫无信心。他拒绝了所有的征辟，白衣终老，并如此解释："吾夜观乾象，昼察人事，天之所废，不可支也。"

不知是否因为这种悲观无处排解，东汉中后期，社会习俗出现了以悲为美的倾向：妇女流行愁眉、啼妆，士子好唱哀歌，无论婚庆嘉会，酒酣之时纷纷奏以丧曲挽歌。

"蒿里谁家地？聚敛魂魄无贤愚；鬼伯一何相催促？人命不得少踟蹰！"

一时间，大汉帝国愁云惨雾，人人掩面而泣，似乎都在绝望地等待着坠下某个无法逃脱的悬崖。

令郭泰、申屠嘉们心灰意冷的，还有战壕内部难以调和的种种矛盾，尽管大多数裂隙都已被结党的罪名涂抹得难以察觉。

很多时候，党人内部并不如后世想象那么亲密无间，争夺领导权的过程同样激烈而无情。比如那个好结交的符融，就曾经联合李膺，将另两位风头强劲的名士逐出了京城——其实史书并未记载那两位失败者的任何恶行；而范滂也曾因遭受陈蕃的冷遇而愤然辞官；辞赋家赵壹，更是以"刺世疾邪"为题，将当时士风骂了个狗血喷头。

黄仁宇认为，东汉后期的不少争斗"重点在个人恩怨"。他发现，即使穷凶极恶如梁冀，也"没有被攻击颁行不当的法则"；反之李固却被指摘"或富室财赂，或子婿婚属，在官牒者四十九人"。而与李膺并称为"李杜"的杜密，也因"多所请托"，干涉地方用人权而招致原本同情于他的官员反感。

以君主的角度，儒生"结为部党，诽讪朝廷"；而以儒生自身的角度，党内却还有党——正如有人烟处便有江湖，所谓的党，可以无限细分到每一颦一笑。

如此结论是否会令人不寒而栗：揭开史家有意无意的掩饰，党人攻击的目标其实并不确定，宦官也罢，外戚也罢，甚至皇帝也罢，随时可以转换；而党争的终极原则只有一条，谁占据权级高处，那么他就成了所有人的公敌。

这或许就是权力的原罪。

就像山巅坠石，不到底不止，只要没有一个足以镇压所有反对者的新权威出现，党争便不会结束。

这是否能够解释黄仁宇的那个问题："汉亡之后，这种对峙的

127

形势不能继续，却引起了一个魏晋南北朝长期分裂的局面？"那分崩离析的三百多年，可以理解为以外戚宦官为臂膀的皇权遭到重创后，各方势力重新角逐产生新一轮中枢的漫长过程吗？

然而，尽管这样的前景令人沮丧，甚至绝望，但深思熟虑之后，还是有很多人如扑火的飞蛾一般，投入到了注定看不见明天的战斗。

他们认为，有些过程必须经历，有些鲜血必须流淌。

因为有些猛虎，必须被套上锁链。

无论是否能够预见发动攻击的后果，总有人坚信，再大的代价都是值得的。因为他们进行的是一项已经延续千百年，并且还将世代传承下去的伟大事业。

一定意义上，以质疑与竞争转化而成——甚至更多时候由个人欲望推动的——对权力的冲击，具有不可或缺的存在价值。

就像生物链环环相扣，彼此相生相克，才能够最大程度地保持生态平衡，绝大多数思想家都已经意识到必须对最高权力进行约束，尤其是儒者，更是将之视作了不可推卸的使命。从孔子的"礼"到孟子的"义"，再到董仲舒的"天人感应"，智者的努力薪火相传。可到了党人的时代，无论是礼义还是天威，在掌权者面前都已是力不从心。

此时的儒生尤为尴尬。表面看，儒学已被奉为正统，儒生集团也得到了前所未有的扩充，但本质上，他们却惊惧地发现，这几百年来士人其实一直在走下坡路。稷下先生"不治、不宦"，俨然与君主为师友，到秦汉的博士已降为臣僚，至于太学生，更是处士横议罢了。而与此对应，权力却越来越集中，秦汉之后，诸侯、藩国一一削平，士人连择主的有限自由都已经剥夺殆尽。此消彼长，儒生愈发感觉软弱无力。

"虎兕出于柙，龟玉毁于椟中。"当看着缺少束缚的权力日益暴戾，当看着无助的人间血流成河，被教诲为以救助天下为己任的儒者再也按捺不住了。

但他们从来就手无寸铁，唯一能够依赖的，只有一代代师生培育起来的道德。因此，他们只能将自己作为祭品，以滚烫的热血来封印魔鬼的爪牙。

汉史中有关党锢的记载，充斥着挑战人类极限的血腥。汉刑之酷，可试举一例。有个叫戴就的小吏蒙冤入狱，最严厉的毒打逼不出口供，狱吏便将铁斧烧红，挟在他的腋下，肉被烧焦了掉在地上，戴就竟捡起吃了下去，还是不认罪；之后将其倒扣于船腹，四周烧起马粪熏他，两天一夜后掀船看时，戴就睁眼大骂："为什么不再添把火？"最后他们用火将地烧烫，把针刺入他的指甲，要他用手抓土，很快指甲就全部剥落了。必须指出的是，戴就并不入党狱,折磨他的只是一个普通地方官,而关押党人的北寺狱,是一座由宦官掌握的专门监狱,以宦官心理之扭曲变态,党人所受的荼毒更加难以想象。

然而,在通往北寺狱的途中,我们却看到了太多的争先恐后,太多的慷慨从容,甚至很多人明明有机会脱身而去,却都整整衣冠,自己走向了阴森的公堂。无数条壮烈的记载汇流成一条汹涌的血河——党人的视死如归,有时简直令人怀疑,在极致的剧痛中,他们是否集体得到了某种自虐般的快感。

或许,范滂年迈的母亲,与儿子的诀别赠言说出了他们共同的心声:

"汝今得与李杜齐名,死亦何恨!"

刀锯加身之时,他们毫不怀疑自己即将得到永生。因为历史必将记住他们的名字,以及这场牺牲的巨大意义——终有一日,他们埋下的种子将破土成林,用亿万根坚硬的脊梁,撑起这个苦难的人间。

于是,当头颅与脖颈分离的一刹那,党人的嘴角,隐隐露出了微笑。而他们喷射的鲜血,则与无穷无尽的黑暗汇合成了东汉帝国的底色,被历史庄严定格:

直到今天,我们还能够在出土的汉代棺椁上瞻仰这种集热烈与冰冷、激情与残暴于一体的沉重颜色。

党锢解除禁锢于公元184年,也就是灵帝中平元年。

虽然十八年后的赦免缘于黄巾乱起,灵帝担心被禁锢太久的党人也乘机作乱;但名义上,他不过是听从了吕强的建议。

尽管被认为"清忠奉公",然而吕强却是个做到中常侍的高级宦官。

这或许就是历史开的一个大玩笑:

一场归罪于宦官名下的迫害,最后竟然由宦官来出面终结。

相关史略：

公元前 1 年，王莽任大司马，录尚书事。扩大太学生名额，营造学舍，能容一万八千人。

公元 29 年，东汉初立太学。

公元 153 年，冀州刺史朱穆案验宦官赵忠葬父僭越，收其家属；桓帝反逮捕朱穆，"输作左校"；太学生数千人诣阙上书，桓帝怕激成大乱，释放朱穆。

公元 162 年，羌叛，皇甫规击降之，凉州道复通；皇甫规不与宦官交往，被诬下狱；大臣及太学生三百余人诣阙上书，桓帝释之。

公元 168 年，大将军窦武、太尉陈蕃等谋诛宦官，事败，被杀。

公元 169 年，宦官曹节诬"钩党"谋反，复捕党人，杀李膺、范滂等百余人。同年，宦官侯览诬张俭与同郡二十四人共为部党；朝廷下令通缉，张俭被迫流亡；官府缉拿甚急，张俭望门投止，许多人为收留他而家破人亡。

公元 171 年，大赦，唯党人不赦。

公元 176 年，永昌太守曹鸾，上书请赦党人，灵帝大怒，槛车逮曹鸾，下狱掠死。

公元 189 年，何进召董卓入京，谋诛宦官，事泄；宦官骗何进入宫，质问："卿言省内秽浊，公卿以下忠清者为谁？"随即斩之。

苍天已死

井栏圈起的，不仅只有水，也可以是火。至少蜀人这么认为。

中国是世界上最早利用石油资源的国家之一。至迟在西汉宣帝时，蜀郡百姓在挖盐过程中就已经发现了可以自燃的天然气井。从地底升起的熊熊烈焰，长期被蜀人视作神迹，特别是临邛境内的一口火井，更是受到了极其虔诚的崇拜。

然而公元二世纪后，这口井的火力如同海水退潮一般，开始持续削减，到桓灵二帝时，已是奄奄一息，随时可能被一阵野风终结。

这种情况令蜀人忧心忡忡，尤其是一些老人，每天都要来到井前默默绕上几圈。随着火苗一尺尺跌落，他们脸上的愁容一寸寸堆积。终于有一天，有人忍不住低声发了一句问：

"难道那个预言是真的？"

众人齐齐打了个寒战。空气似乎瞬间被冻结了，静得可怕。

就在那一刻，所有人都听到了，火井深处，隐隐传来几声沉闷的碎裂声响。

就像有匹来自洪荒的恐怖巨兽，正缓缓穿行于地底，即将破土而出——

又像是整片大地想要翻过身来。

对于蜀人，这口火井意义重大。他们相信，天地之间最大的秘密，就封存在黑烟缭绕的井底。故老相传，前汉王莽篡政，火苗微弱低迷；光武中兴后，突然地响如雷，烈焰一夜喷涌数丈，火光可以照耀几十里。

显而易见，虽然偏处西隅，但这口火井，却与帝国的气脉同出一源。不过蜀人关心的，并不只是一个王朝的命运：

他们真正恐惧的是，随着火苗一同熄灭的，将是整个世界。

蜀人的担忧不无道理。

正史有载，西汉哀帝建平年间，也就是临邛火井上一次衰微之时，至少有大半个中国陷入了恐慌。也不知谁起的头，从关东开始，二十六个郡国的民众，手持禾秆，以传西王母筹的名义，成群结队朝着京城狂奔。就在天子脚下，数万人白天沿街歌舞，入夜则爬上屋顶击鼓狂喊。从早春折腾到深秋，才慢慢散了去。

使帝国中枢一度精神错乱的，是一份据说来自西王母的警告。

这个警告以"母告百姓，佩此书者不死"的赦免传单形式，向全人类提出了集体毁灭的威胁。当然，事后证明，这只是一次虚张声势的恫吓，尽管不久之后，汉室子民的确因王莽而遭遇了一场"海内人民十存二三"的残酷浩劫。

那么这一次呢？

从冰凉的火井边抬起头来，所有人的眼前，都出现了一袭黄袍。

黄袍鲜艳而宽大，迎风飘扬。浑身没有任何装饰，也不带任何武器，更不说一句话，目光悠远，神情庄严；从一座城走向另一座城，从一个村走向另一个村，旷野，山林，沼泽，溪流，就那么高低起伏地走着。不知什么时候起，他的身后渐渐有人尾随，同样身着黄袍，同样默不作声……加入的人越来越多，远远望去，就像一团由飞蛾聚集成的黄云，在帝国荒凉的旷野上无声无息地飘行。

这样的场景，从灵帝熹平年间开始，越来越频繁地出现在帝国的各个郡县。尤其是青、徐、幽、冀等八州，黄袍人所过之处，民众如痴如狂，纷纷携妻负子阖家追随，道路经常因此梗堵，途中至少有上万人病死或者被踩死。

他们抛家弃业去投奔的，是一个人；抑或说，一个驻世的神。巨鹿人张角。他以"太平道"之名，自称"大贤良师"，发展了数十万信众，在当时总共只有五千多万的全国人口中，这样的数目相当惊人。

至少有十多年时间，官府对于张角的组织，一直予以最大限度的宽容，不少官员还亲自拜倒在张角脚下，其中包括不少大权在握的宦官头目。

甚至连当时在位的汉灵帝，都对张角表示了默许。

更确切地说，对其寄托了极大的希望。

"太平道"因《太平经》而得名。

《太平经》，又名《太平清领书》，相传由神人授予方士于吉，后来辗转被张角所得，并以此为教义建立起了太平道。

《太平经》内容驳杂，涉及天地阴阳、五行灾异、神仙方术等等。除了个体修行之术，也提出了一套施政理念。主张任用贤才、减轻刑罚、听取民意、多行救济，并强调忠孝之道与尊卑秩序，宣扬奴婢应该服从主人，臣僚应该服从帝王。

东汉中后期，政局日坏，桓灵以来，愈发触目惊心。灵帝即位后，一度整顿吏治，充实国库，进行过一些政治、经济上的改革，但积重难返，终告失败。在此情形下，一部看似维护王朝统治的《太平经》，正好迎合了灵帝的需要，将其视为辅助朝廷教化百姓的向善之道。尤其是经书中反复提到的"太平"二字，更是对这位焦头烂额的皇帝，充满了诱惑。

上有所好，下必甚焉。既然庙堂赞赏，地方官员更是乐得清闲，放任甚至支持张角传道。因此朝廷从州郡得到的反馈，几乎都是对太平道的夸奖，反过来更加坚定了灵帝的判断。

当然，对张角集团的迅速扩张，也有人忧心忡忡。

灵帝熹平二年（173年）六月，京师洛阳发生了一桩异事：市民哄传，虎贲寺的墙壁上突然出现了一个奇怪的人影，从容貌到胡须，浑身俱是黄色，每天都有数万人前往观看，其中就有著名学者应劭。但他认为，这只是墙壁年久剥落污渍，加之风雨侵蚀所形成的斑驳色彩，恰好像个人罢了。

不过，应劭也指出，虽然属于巧合，但同时也是上天借此示警：虎贲乃是军中骁勇，在其用武之地，惊现离奇"黄人"，国家或将因"黄"而遭受兵祸。

但对此类警告，灵帝一概不予理会：若非捕风捉影，亦是儒生嫉妒。

总之，对这一群黄人，即张角与他的太平道，灵帝充满了期待。

寺壁黄人事件的十一年后，应劭的担心变成了现实：

数十万羔羊一般驯服的太平教徒，几乎在一夜之间长出了锋利的獠牙。

灵帝和他的大臣们这才如梦初醒，原来张角果真生有尖角。他在颁发第一件黄袍之时，就已经向全体信众下达了作战的指令。

而张角授予他们威力最强大的武器，也正是这件柔软的黄袍。

更确切地说，是袍子的颜色：

"苍天已死，黄天当立，岁在甲子，天下大吉！"

灵帝中平元年（184年），岁在甲子。

应该说，这年的前半个春天，花照样开，草照样长，与往年并没有什么不同。只除了一点：从洛阳到地方，官府的墙壁上常常被人用白土写上"甲子"二字。起初，官员们并不以为意，认为不过是儿童的戏耍，直到车裂马元义的消息传来，才唬出一身冷汗：原来，这两个白森森的大字，竟然是事先标注的箭靶！

张角将全国道徒分为三十六方，大方万余人，小方六七千人，每方都有各自的首领，马元义便领导其中一个大方。这年年初，张角派遣马元义，潜入都城洛阳，联络宫中信教的宦官，约定三月初五举国起兵，攻打皇宫和以"甲子"为记号的各地衙门，里应外合一举颠覆汉廷。不料遭叛徒告密而被捕。

受到惊吓的朝廷立即行动起来，几天内便捕杀了与太平道有联系的官兵百姓千余人，同时严令缉拿首逆张角。

箭在弦上不得不发。张角登上高坛一声长啸，撕开黄袍，露出了里面冰冷的铁甲。只一个转身，良师化为将军，道友化为战士；七州二十八郡数十万教众同日起事，全国近四分之三的国土变成了战场。花红柳绿的暮春，顿时血肉横飞。

《后汉书·皇甫嵩传》："角称'天公将军'，角弟宝称'地公将军'，宝弟梁称'人公将军'。所在燔烧官府、劫略聚邑，州郡失据，长吏多逃亡。旬日之间，天下响应，京师震动。"

这次被迫提前发动的全国性武装大暴动，史称"黄巾起义"——

因为所有义军，包括张角，头上都包裹着黄巾。

这是一场同归于尽的反叛。对于朝廷，黄巾起义彻底动摇了刘家三百多年的基业，从此东汉王朝名存实亡，只等着最后一根稻草来压垮这匹老迈的骆驼；而黄巾起义虽然延续了三十多年，但它的主力，也就是张角亲自指挥的军团，则在短短九个月内被镇压，至少有二十万人遭到了屠戮。

天地人三公将军，即张家三兄弟的生命全部终止于甲子年。张宝连同十万部下兵败被杀，张梁战死沙场，而在此之前，张角于战况最危急时猝然病逝。

一场精心筹备了十多年的起义，如此昙花般瞬间凋谢，从中不难暴露张角等领导者长于组织短于军事的致命弊病，不过，对于黄巾部众打击最大的，或许还是张角的死亡。

应该说，正是领袖本人面对病魔的无能为力，直接瓦解了军心——张角病死后不久，黄巾军就开始出现了大范围的乞降行为。

因为他们中的很大部分，最初正是为了求医，才拜倒在张角脚下，而这也正是很多警惕性不高的官员宽纵乃至鼓励张角的重要原因。

正如曹植所云："家家有僵尸之痛，室室有号泣之哀。"东汉末年，瘟疫流行。据史书记载，桓帝时大疫三次，灵帝时大疫五次，献帝年间更甚，张仲景一族二百多人，建安以来不到十年，竟有三分之二染疫而亡。他因此发奋，苦心钻研医术，终于成为一代医宗。而张角最初的身份，也是一个医生，只是他的治疗方式，与张仲景有着明显的区别。

张角声称，他曾得仙人传授，治病不用号脉，也不用看舌苔，甚至不用开方吃药。病人只需沐浴斋戒，在旷野中面向四方一一跪拜叩头，对着天地神祇坦白做过的坏事和心中的恶念，请求宽恕；之后再由他赐予一碗符水，喝了便可豁然痊愈。据《后汉书》记载，"病者颇愈"，效果相当不错——今天我们不妨猜测，张角其实也通医术，所谓的符水中很可能加了一些板蓝根之类防治瘟疫的药物。

在病痛中，没有比医生更值得信赖的了。精神稍复，感激之辞尚未出口，张角却面沉如水，森然一挥大袖：皮毛之患何足挂齿，人间真正大难，就在头顶，就在眼下——病入膏肓的，不是人，乃是天！

"苍天已死！"

生存环境一旦持续恶化，很容易将民心导向对天道的质疑。

事实上，《太平经》早在西汉后期便已大致成书，而且被不断送入宫中，希冀能对帝国的政治理念有所影响。但遭到的都是严厉的拒绝，甚至镇压。

然而，尽管几乎所有的献书者都被处死，但直到东汉的顺帝桓帝时，还是有方士前仆后继不断上书。虽然依旧被朝廷斥为异端邪说，但这部经书在社会上的影响力却越来越大，终于在灵帝时，被谨慎接受。

这两百多年进献《太平经》的过程，其实就是随着政局日益败坏，官方正统思想，即"天人感应"神学体系的衰微直至崩塌的过程。恶政的不可救药，以及天灾的愈演愈烈，都在暗示天与人之间的联系中断，君主可能已经遭到了遗弃，尤其是梁冀毒杀质帝，天象却无动于衷，更是直接重创了皇权的神圣。

东汉以来，由于谶纬的晦涩与经学的烦琐，作为帝国意识的儒学,原本就出现了越来越严重的信任危机,如今一再失验,更是令对其的失望由学界迅速扩散到社会各个阶层。灵帝之所以接受一直被封禁的《太平经》,正说明了他也已经对儒学失去信心,急需另外寻求新的精神支柱。或许事后看来,这纯属病急乱投医,但《太平经》毕竟打着道家的旗号,并且很容易令人联想到西汉初年行之有效的黄老之术,同样也属于道家——道家既然曾经辅助高祖开基创业,或许也能够帮助帝国重新建立与上天的感应。

只是灵帝万万没想到,张角不仅不想拯救他和他的王朝,甚至连高高在上的天,都要换一个。

风雨不调,日月无光;当寒反温,当温反寒;山崩地裂,水旱无常。

如此倒行逆施,可见这一套天地已经烂透,只有彻底摒弃才能重生。因此,他将燃起一把火,焚毁一切,然后带领天下百姓,在灰烬上重新建设家园。在他的想象里,那个崭新的世界,应该以黄为主色调,以此感恩大地对万物的化生,同时也象征着五行轮转、土德对汉家火德的替代。

"黄天当立!"

他宣称,当黄天代替苍天之时,冰雪就会消融,乌云就会散尽,幸福就会像甘霖一般洒落。那将是一个极度完美的美丽世界,君主仁慈,官员宽厚,没有剥削压迫,也没有瘟疫饥荒,人人都是兄弟姐妹，大家一起劳动，一起歌舞，到处阳光明媚，遍地鸟语花香。

苦难中的人们，终于不再像无头苍蝇那样为西王母盲目奔跑，遥远的前方，隐约浮现了一座金光闪耀的天堂。

太平设计师张角的尸体被从坟墓中刨出，官兵割下他已经腐臭的首级，星夜送入皇城，悬挂在洛阳街头。

由于被迅速扼杀，张角没有机会施展政治纲领。他的影响力主要在帝国的中东部，而差不多同时，帝国西部，也就是那口不绝如缕的火井方向，有一个同样姓张的家族，在进行着类似的实验。

那个家族的族长名叫张陵，本是沛国丰（今江苏丰县）人，做过基层官员，中年之后弃官修道，于顺帝年间入蜀，也创立了一个教派："天师道。"一定意义上，两个张姓家族可以算是同门，因为他们都奉老子为教主，以《道德经》为主要经典；而学界也将"天师道"与"太平道"相继出现视作中国道教诞生的标志。

自称得到太上老君亲授正法、并赐封为"天师"的张陵，传教方式与张角有很多相似之处，最初也以治病除疫的手段吸收教徒。不过，"天师道"以巴蜀为主要根据地，并未向全国扩散；传播也比较温和，未与朝廷图穷匕见；更关键在于，它比"太平道"幸运，拥有过一块自己的地盘，曾经让梦想真正照进现实。

黄巾发难后，汉廷实际上已经失去了对很多郡县的有效控制。当时，张陵的孙子、"天师道"第三代天师张鲁在益州牧刘璋帐下做司马，乘机割据汉中，随即建立了政教合一的地方政权。

"天师道"，又被称为"五斗米道"，因为张陵规定，每个入教者都要交纳五斗"信米"，"天师道"也因此被戏称为"米贼"。手里有粮心中不慌，在此基础上，张鲁烧掉通往关中的栈道，关起门构筑起经书所描绘的"太平盛世"来。

张鲁废除了现有的汉家官制，按照入教早晚以及修行造诣划分等级。初入道者为"鬼卒"，经过考验信仰坚定的为"祭酒"，祭酒中的长老为"治头大祭酒"，而他本人则自号"师君"，即天师兼君主。如此从"鬼卒"到"祭酒"到"师君"，张鲁建立起了金字塔式的行政管理制度。在统治区域内，则如同张角的三十六方，设为二十四治，各治不置长吏，由各级祭酒管理行政、军事、宗教等事项；教育百姓互助互爱，诚信不欺诈；有人犯法，小过罚修道路，大过也不随便处罚，宽宥三次不改才予以严惩；还在境内各条驿道上设立"义舍"，鼓励教众将多余的米肉置于舍内，供过往之人食用，不过，只能量腹而取，多吃多占必受鬼神惩罚。

信徒得病，也与张角"太平道"类似，令病人饮符水，独处静室思过；此外还需亲自书写署名伏罪悔过文书三份，一份放在山顶，一份埋入地下，一份沉于水中，乞求天官地官水官三官神灵赦罪赐福。

虽然官修史书没有过多评论张鲁以天师道统治汉中的效果，不过从"民夷便乐之"、朝廷"力不能征"的零星记载，也能够判断张鲁政权的安定和汉中百姓的拥戴。这在东汉末年天下大乱的背景下尤为宝贵。事实上，汉中在当时的确被很多难民视为乐土，纷纷举族依附，仅关西百姓经子午谷逃奔而来的就有数万家。

这样的局面一直维持了将近三十年，直到建安二十年，汉中门户阳平关前，出现了一支盔甲鲜明的军队。

这支从东方远道而来的大军，共有将士十万人。

他们的首领，名叫曹操。

并未经过激烈的战斗，张鲁便向曹操投降。作为战利品，曹操将张鲁及其家属带回自己的邺城，数万户道众一路护送，随着他们沮丧的师君黯然迁徙。

因未加抵抗，张鲁被曹操封为阆中侯，次年病逝于邺。

至于汉中，则在曹操东归后不久易手刘备，成为魏蜀征战的前线。

战马来回奔驰，寄托着无数天师教徒忏悔的道路很快被践踏得坑洼碎裂；温煦过无数旅人的义舍逐渐朽破，相继坍塌于榛莽丛中。

烟云散尽，曾被符箓和咒语护持的光明乐土，重又跌回了烽烟四起的人间。

攻占汉中时，曹操六十周岁，挟天子以令诸侯多年，已经构筑了三分天下的魏国基业。

看到匍匐于脚下的张鲁，曹操感慨万千。张鲁身上披的道袍，很自然地令他想起了张角的黄巾，并由此回忆起自己早已流逝的青春岁月。三十年前，作为一员干练的年轻将领，曹操参加了镇压黄巾的战争。他记得，当时的战友还有卢植、皇甫嵩、朱儁等前辈。一晃半个甲子过去，故人零落殆尽，自己也垂垂老矣。

今天我们重新审视这份剿杀黄巾的功臣名单，就会发觉存在一个共同之处，那就是基本上都接受过系统学习，具有相当高的文化素养。

曹操的文才武略不必多说；卢植曾师从大儒马融，精通古今之学，后来开帐授徒，刘备便是其学生之一；剿黄主帅皇甫嵩自幼研习诗文经书，最初也以文官入仕；朱儁则很早就以孝义闻名，曾被举荐为孝廉。

而另一阵营，太平道与天师道，情况刚好相反。没有任何文献证明张角受过正规教育，其道术据说来自一个形迹可疑的诡异术士；张鲁虽然出身天师世家，但史载其母"好养生""有少容"，以姿色奔走于官宦之家，其家族素质可想而知。

"太平道"与"天师道"，虽然分属两个派别，但完全可以视作同一项运动的两个阶段：前者致力于夺取，后者致力于建设——道教在历史舞台上的最初亮相，毫不掩饰地带着强烈革命性质与政治色彩。

因此，曹操等人对太平道与天师道的镇压，也就同时具备了政治与文化两方面的意义。而从中国历史进程来看，这种镇压极其有效而且长久。类似于张鲁政教合一的统治模式，在之后的历朝历代，基本上没有被成功复制，至少没有作为一个相对稳固的政权独立存在。中国也因此成为世界上为数不多的、宗教与政治始终界限分明的普世国度。

唯一堪称例外的是一千七百余年之后的太平天国——但太平天国同样以极其惨烈的方式被血腥终结，正如张角的黄巾军团。

将天国拉下云端的曾国藩，依然是当时最杰出的学界宗师。

鉴于将帅的学术背景，人们很容易把那场镇压定性为儒道之间的卫道之战。其实，即便是从道家自身的角度，审查二张教义，同样不容易接受。

二张都将老子视作教主，奉《道德经》为圣经，然而他们的教谕却往往与其背道而驰。对于现实社会，《道德经》倡导清静无为，个体尽量从人群独立、退出、隐遁，直至归于虚空，方得大道；而这几位张天师却刚好相反，对老子竭力想摆脱的世俗，表现出了极大的热情——道家喜欢以气论道，《道德经》就好比将人散为气，以真正与宇宙合为一体；而二张却竭力要将虚无的气聚拢起来，描眉画眼，"聚形为太上老君"（张道陵·《老子想尔注》）。

张角的《太平经》，甚至公开反对道家当行本色的炼丹，明确提出"吃饭、婚姻、穿衣"三事才是太平世界的根本问题。

道家学者葛洪，对太平道和早期天师道的似是而非曾有过评论：他认为正宗道教应该致力于寻求个体的升华，"延年益寿为务"，而张角之流纯粹是"诳眩黎庶、纠合群愚"，只是挂羊头卖狗肉的邪教罢了。

《道德经》的精妙哲学，被扭曲成了附着有神秘力量的咒语——就像鲸鱼不是鱼，一言以蔽之，先秦道家与汉末的二张道教，存在本质的区别。最初的道教，其实只是在对道家学说粗浅理解的基础上，杂糅了大量民间巫术及鬼神崇拜的庞杂理论体系，其中充满荒诞和谬误，这势必会遭到文化精英的严重歧视。

那么，二张的覆灭，是否就说明这属于一次传统儒学对新生道教的成功压制？假如是的话，之后的儒学，在漫长岁月中又为何没有发展成一门真正意义上的宗教，就像佛道两教那样呢？

摒弃了宗教立国，古老的中国，究竟靠什么至今屹立在世界的东方？

公元二世纪末三世纪初，以数十万条人命换来的，究竟是谁的胜利？

那三十年间的历史星空，曹操无疑是一颗最耀眼的明星。

然而，曹操并未被后世定位为一个纯粹的儒者。

朱熹曾经评判过历代统治者的道德成色，周公孔子是纯金，曹操则被他归到了铁的一类。指出他的心地始终不光明，虽然事业可观，也只是个人欲望暗合了部分天道。作为一位儒家大宗师，他的评价足以说明，曹操的学养，离儒甚远。

事实上，即使不受儒学式微的大环境影响，曹操也不会轻易受任何学说束缚。但凡枭雄，都不太理会古人的教诲，也不太会有过于遥远的幻想。他们自觉远离星空，只关注眼前，只关注当下。他们知道，任何超过限度的聚集都有危险，都必须予以解散，纵然是以神灵的名义——曹操在历史上以谋略著名，综合他的事迹，我们可以得出这样的判断：道教在草创期所受到的重挫，与其说是儒学的胜利，不如说是现实主义对浪漫主义的一次压倒性胜利。

被无情击碎的，不只是一个美丽的乌托邦，还有一份构建于共同信仰之上的精神凝聚力。如若未曾夭折，这份凝聚力将会极其自然地与底层百姓的善良、互助等朴素思维相结合，成为承载一个宗教国度的坚固磐石。

反之，因为对自称为天道诠释者的成功镇压，枭雄们将会愈发目空一切，失去对任何权威乃至宗教的敬畏：不怨天，不尤人，不赎罪，不忏悔。将天地鬼神请到一边，以心机与拳头决定一切。

中国几千年，要说一以贯之的立国根基，大概就是这种拳拳到肉的务实——

以竞技场为喻，儒也好，佛道也好，大多数时候，所谓的信仰只适用于观众，至于下场的赛手，只有站到最后，才能成为彼此膜拜的偶像。

而从竞技角度看，黄巾战争，其实还是一场理性与梦想、世故与天真的对决。双方力量之悬殊，就好比老于世故的中年男人出战懵懂孩童，结局无可改变。

他们之间的巨大差距，可以宛城战役来说明。

有一股十余万人的黄巾残部，在宛城被围困两个月后，军心惶惧，遣使乞降。但官军主帅朱儁以为，为了警示后人，叛逆者必须付出生命的代价，拒绝接受。黄巾只得严防死守，居然扛住了多轮猛攻。朱儁遂调整战术，网开一面，下令让出一条通道。当黄巾冲出城外时，官军骤然出击，"大破之，斩首万余级"。

朱儁如此解释他的胜利："人一旦陷入绝境，必然拼命；万人一心尚不可挡,何况十万人!不如开个口子,他们在逃亡过程中意志必然会涣散,那时就好办了。"

西方常以牧羊来比喻宗教对信众的引领。对于这些穷途末路的异教徒,朱儁同样能做个出色的牧羊人:

只要有需要,随时都能让愤怒的羔羊们,争前恐后地奔向屠刀。

总有一些羔羊能逃回荒野。

张鲁之后,道教徒们痛定思痛,冷静地思索起出路来。因为观念不同,道教在魏晋后慢慢开始了分化。

一部分文化水平相对较高的上层道士,致力于道教理论的深化与整理,逐渐向士大夫和宫廷靠拢,以取得庙堂的扶持,最终将教主老君抬升到与孔子与释迦平起平坐;另一些来自民间的底层道众,则重新回到江湖,蛰伏在大地深处,隐秘地传承仇恨,就像临邛的火井,默默等待下一次爆发。日后的弥勒教与白莲教,都是与他们同一战线的盟军。

还有一些道徒,却厌倦了这你争我夺的人间,毅然隐入山林,决心窥破宇宙和人类自身的真正奥秘。

除了心无旁骛地修炼,他们偶尔也会抬起头来,看看这灰蒙蒙、曾被数十万人诅咒已经死去的天空。

相关史略：

公元前104年，武帝颁太初历，以正月为岁首，行土德制，色尚黄。

公元前22年，方士甘忠可诈称天帝使真人赤精子下教，造《天官历包元太平经》十二卷，上书成帝言汉家逢天地之大终，当更受命于天；被奏"假鬼神罔上惑众"，下狱，未定罪而病死。

公元26年，光武帝起高庙，建社稷于洛阳，始正火德，色尚赤。

公元144年，马勉据当涂山起义，以黄为服色，称黄帝；历阳义军华孟自称黑帝，攻九江，杀郡守，皆被镇压。

公元197年，袁术据寿春称帝，国号仲家。汉末流行谶语"代汉者当涂高"，袁术因汉室火德已衰，而袁字有土，正合土德；且其名术，别字公路，俱符"当涂"（意为道路），故以为身应谶命。

公元210年（约），张仲景撰成《伤寒杂病论》十六卷。张氏曾为长沙太守，诊疾多在公堂，后世遂以"坐堂"代指医生看病；然有学者认为，张氏坐堂行医，或有因同姓而避嫌张角张鲁之意，陶弘景对其著述亦有"避道家之称"评论。

公元215年，曹操迁张鲁及教众于邺及洛阳等，天师道因此得以从巴蜀扩散至中原及江南，魏晋以来得以极大发展，信众遍及皇室及世家大族。据陈寅恪推断，时人名有"之"字者，皆为教徒，如王羲之、王献之、顾恺之，等等。

公元220年，献帝禅位于曹丕；曹丕迁都洛阳，定国号魏，年号黄初。两年后，东吴孙权定年号为黄武。魏吴年号皆用黄字。

公元305年，李雄据益州称帝，建成汉政权，迎青城山天师道首领范长生为国师；经六世47年，灭于东晋桓温。

公元2004年，长沙市东牌楼古井出土了一枚标注"熹平元年"的黄色人形木牍，与文献所载熹平二年洛阳虎贲寺墙壁上出现的"黄人"颇为相似，可证当时黄德传播之广。

千里草，何青青

作为一个最终进入曹操核心智囊团的最高级别谋士，贾诩完全明白自己即将说出的这几句话，究竟会造成多么可怕的后果。

事实上，他也曾为了是否开口而极度痛苦；但现在他已经做出了决定。

"将军。"他有些轻蔑地看着在帐中如无头苍蝇般乱转的李傕和郭汜，轻轻问了一声，"你们已经决定解散军队，各寻出路了吗？"

"都到了这地步，不走，难不成等死？"郭汜闷声道。

"你们有没有想过，假如弃军独行，即便只是一个亭长，便能将你们捆了起来。"贾诩的声音缓慢而冷酷。

"听天由命罢了，还能如何！"李傕一把扯下头盔，重重掷于脚下。

"二位将军有没有想过，将人马调个头？"贾诩淡淡道。

"你是说……长安？"李、郭二人一怔，同时吸了口凉气。

"正是。"贾诩面色骤然凝重,语速也快了起来,"侥幸事成,这天下便在二位将军掌中;即便不利,我们劫了京师的妇女财物,再走不迟——"

"也算是为董太师报了仇。"沉吟片刻,贾诩悠悠补了一句。

二将对视一眼,霍然站起身来。

公元192年,对于东西方世界,都是一个血腥的年份。罗马皇帝康摩达于此年被弑,将领互相攻战,强盛一时的安敦尼王朝宣告终结;而东汉帝国,则在黄巾逐渐平定之后,再次拉开了新一轮大规模战乱的序幕。

如果真的存在一位主宰历史的上帝,他好像更厚待东方:与罗马帝国就此一路萎靡,直至彻底亡国不同,在这一年他其实向中国人同时敞开了两扇大门,生存或者毁灭,都在一念之间。如果选择正确,不仅东汉王朝可以延续统治,甚至有机会凤凰涅槃般重获青春;遗憾的是,被开的,却是坠入深渊的那一扇。

这次悲惨的决定,至少断送了数以千万计的人命——相比之后的残酷战争,黄巾造反不过是赛前热身;而所造成的混乱与持久,为史上少有:代替东汉的统一政府,要到八十八年之后才重新建立。更可悲的是,那只是短暂的中场休息,紧接着便是"失落的"三个黑暗世纪。

事后看来，这一切的源头，似乎都能追溯到贾诩的那几句话上。不过，受到贾诩谋略最直接打击的，应该还是吕布，因为他是长安的守将。

虽然号称武功天下第一，但老师傅也架不住乱拳群殴，在李傕、郭汜孤注一掷的狂攻下，"奉威将军"吕布逐渐没了斗志，率领几百残部，仓皇逃出了长安城。

狂奔半夜之后，吕布终于勒住了缰绳。他喘息着抬起头，只见满天乌云翻滚。

失去指令的赤兔马烦躁地来回踱圈，并不停晃动脖颈，像是想甩掉什么东西。

它的颈下，赫然挂着一个已经开始腐烂的头颅，如同硕大的铃铛左右摇摆，却空瞪着黑洞洞的双眼，发不出任何声响。

头颅的主人，就是吕布的义父董卓。

董卓只剩下了一个头颅：他的残骸被烧成灰烬，洒在了长安街头。

公元192年四月，司徒王允策反吕布，杀了董卓。李傕、郭汜是董卓的部将，清算余孽时被列入剿杀名单。原本他们倒也认了栽，收拾细软打算散伙，各自亡命天涯。眼看着元凶伏诛诸恶逃遁，不堪回首的一页就此掀过，久违的阳光即将照耀人间，可贾诩只用了短短几句话，便将整个局面瞬间翻转过来。

谁也没有料到那几千原本要作鸟兽散的残兵败将拼起命来竟有那么大的战斗力，连吕布都抵挡不住，三两下便被打得溃不成军。

一夜之间，长安易手，通缉令上的画像由李傕、郭汜变成了吕布。此后几年，李、郭诸将牢牢盘踞于帝国心脏，在宫阙之间进进出出打打杀杀，甚至你扣押皇帝我挟持公卿，演出了一场场啼笑皆非的闹剧，最终将政局败坏得彻底不可收拾。

至于离再造汉帝的头号功臣只差了一步的王允，誓与献帝共存亡，没有随着吕布逃亡，毫无悬念地被李傕、郭汜满门抄斩。

王允忠心可嘉，然以事实而论，与贾诩一样，未尝不是祸首：

董卓死后，李傕、郭汜等人曾摇尾乞怜，希望能得到朝廷的赦免，却遭到他的严厉拒绝；李、郭等被逼到绝境，才在贾诩点拨下悍然反击。

如果王允宽容一点，又如果贾诩任凭李、郭遁逃——

天心可鉴。一年之内，太平的大门曾开启两次，但谁也没能抓住机会。

的确，王允缺乏一个高明政治家的远见和度量。不过，其态度倒也情有可原：他与吕布都是并州人，董卓被杀后，李、郭将他们所能找到的所有并州人——甚至包括自己部队中的士兵，不分男女老幼，悉数屠戮，以发泄怨气。

几百条乡党的人命，令王允睚眦尽裂。几乎是第一时间，一条近乎失去理智的消息，传遍了李傕、郭汜的军营："长安中议欲尽诛凉州人！"

贾诩的怂恿更是容易理解：他与董卓、李傕、郭汜，都是凉州土著。几天之内，风头转向，仇恨由个人扩大为了两个毗邻的州，两个为了生存势不两立的州。

人作孽，犹可为；州有怒，谁能平？千万只不祥的夜枭，从并凉大地腾空而起，盘旋在长安上空。

或许，后人不应该苛求王允。

实际上，他能够倒董成功，同样也是利用了并凉二州的恩怨。

《三国演义》中说，王允拉拢吕布，靠的是一出美人计，用貂蝉成功离间了董卓、吕布父子。写得香艳精彩，但并不是事实。《后汉书》则云，王允的挑唆，主要还是董卓对待吕布时好时坏，甚至有一次还因一点小事拔戟掷出，差点要了吕布的命。但这也只是表象。

作为义子，吕布与义父关系越来越紧张的真正原因，并非董卓难以琢磨的坏脾气，也不是与他的某个婢女私通，而是他在董军中越来越大的压力。

董卓的军队本来以凉州军为基础，后来因吕布火并了并州刺史丁原投奔于他，才又兼并了并州军。客观说，董卓对吕布相当信任，但并州与凉州两系军队的关系却一直十分紧张。凉州军以嫡系与胜利者自居，不把并州军放在眼里，甚至对并州军首领吕布也是如此；董卓曾派吕布辅助凉州将领胡轸，胡轸却扬言要杀了吕布以整肃军纪；更严重的是，董卓明知此事，但不闻不问。随着董卓权势的增加，凉州军的气焰越来越嚣张，吕布与并州军的怨恨自然也与日俱增。

王允正是看到了这一点，才四两拨千斤，三言两语便说动了吕布。

"毕竟我们是父子，又能怎么样呢？"

"君自姓吕，本非太师亲生骨肉——再说掷戟之时，他又岂有父子之情？"

幽暗的灯下，王允与吕布这对并州人的手，不知何时紧紧握在了一起。

出来混总是要还的。以挑动州郡矛盾而成，又因州郡矛盾不可化解而死，对于王允，倒也得其所哉，甚至可谓命中注定。

真正的悲剧在于：王允、吕布，李傕、郭汜，包括董卓、贾诩，都只是几枚被绑上地域战车而不自觉的棋子。

而并凉二州的搏杀，更只不过占据了整张棋盘的三五个空格。

摊开东汉末年的中国版图,满眼都是并州凉州,满眼都是裂痕沟壑。

驿道被寸寸截断,河流被段段切割,山峦被重重封锁,所有的吊桥都拉上,所有的城门都紧闭。

每一州每一郡,边界深如鸿沟,彼此宛若敌国。

州郡之间的猜疑和敌意,在因讨伐董卓而成立的所谓关东盟军上暴露无遗。

看起来,这是一个极其庞大的军事联盟。以袁绍为首,汇聚了函谷关以东冀州、豫州、兖州、渤海、河内、陈留、广陵、山阳、济北等十几路诸侯,旗号拼凑起来几乎能覆盖半个中国。手头只有凉并二州军队的董卓确实被吓住了,居然不战而走,以迁都的名义驱赶百万臣民匆匆逃离洛阳,躲进了长安。临走时还试图"坚壁清野",放上一把火将这座两百多年的国际性大都城烧成焦炭。

但盟军后来表现出的外强中干,简直令董卓悔断了肠子。袁绍等人不仅打不到洛阳,而且除了血气方刚的孙坚和势单力薄的曹操,谁也不敢真刀真枪找他拼命。白白闲着十几万大军,各地首领轮流做东,天天置酒高会,吹牛扯皮醉生梦死;直到酒喝光肉吃净,一拍屁股,各回各家各找各妈——甚至还有喝多了耍酒疯,撸起袖子窝里斗：东郡太守桥瑁便因此被兖州刺史刘岱杀了。

盟军的窝囊，固然慑于董卓的积威，更大程度上，还是为了保存实力，谁也不愿意冲在前面当炮灰——

南腔北调推杯换盏之际，每支军队的首领都明白，真正的敌人其实就在身边，今天的盟友，随时可以变成明天的对手（例如孙坚北上讨董，顺带一路攻掠，先逼荆州刺史王睿自杀，后将南阳太守张咨斩首）；好钢只能用到刀刃上，没有必要为了一个公众敌人而消耗自家留着防身的兵马。

君王蒙难、社稷危急之际，他们想到的，首先是自己的一亩三分地。

某种意义上还可以说，他们中的大部分人，甚至压根不想靠近洛阳，更不想救回皇帝——日后袁绍顾虑到"从之则权轻，违之则拒命"，嫌碍手碍脚拒绝迎接献帝，便是这种心态的典型体现。

的确，只有远远离了都城，远远离了皇帝，他们才能真正享受到自由，才能真正扬眉吐气地吼一声我的地盘我做主。

人们经常用"土崩瓦解"来形容一个王朝的毁灭，不过，细究起来，土崩与瓦解的意义其实有所差别。匹夫振臂，天下响应，顷刻间天翻地覆全面崩溃，秦的灭亡可谓土崩；而汉的退场，却是瓦解：并未碎成齑粉，而是裂成了各自成形的若干片。

造成这一局面的，就是中央对地方控制力的逐渐丧失。

任何一部王朝史，都是权力争夺史。两汉四百年，王侯将相名士宦官，你方唱罢我登场，风流云散，很少有人能长期占据舞台。但如果从大处着眼，有一场角力从来不曾谢幕，自始至终剑拔弩张。

正如刘邦屠杀诸侯、文景削藩，西汉开国以来，中央与地方之间的博弈，未曾有过一刻停歇。中央对地方保持绝对权威是政局稳定的根本前提，而减少束缚，则是地方势力与生俱来的本能。两者的对抗不可调和。内心深处，中央始终将每一个州郡都视作潜在的威胁，想尽办法防范可能的局部叛乱。比如秦汉以来持续进行的徙豪政策：地方豪族只要达到某种标准，便将其举族迁离原居住地，或关中或皇家陵园，靠近京师，由皇权亲自弹压。当然，为了避免朝廷官员与地方豪强勾结起来，中央也制定了很多政策：比如从汉武帝时起便于全国州郡增设刺史，以监察钳制太守，尤以是否阿附豪强为最关键考核条目；又比如回避，规定地方州郡长官不得由本地人出任。

只是随着帝国中枢不可避免地衰弱，朝廷对地方豪强的压制越来越力不从心。西汉元帝之后，徙豪政策以"安土重迁"之名被终止；光武中兴，也只能对其加以力度有限的约束，未能根本扭转颓势，此消彼长的情况继续发展。

东汉后期，竟然出现了这样一句民谣"州郡记，如霹雳；得诏书，但挂壁"，意思是州郡下达的文书雷厉风行，不得耽误；朝廷诏令反倒可以随手挂在墙上，不予理会。而"如霹雳"的"州郡记"，通常都出自地方豪强之手：州郡长官人地生疏，势必依靠土著治事，久而久之，主客逆转，实权旁落。连原本只是巡回监察的刺史，也在灵帝后改成州牧，驻地生根，自身蜕变成了地方豪强。

黄巾起义，更是从本质上为割据创造了条件：大敌当前，汉廷只能允许州郡自主招兵；此例一开，地方刺史和太守从此有了建立私人武装的合法权利。

通常来说，只要中央政权架子不倒，即便拥有私人武装，州郡豪强也往往只满足于关起门来自种自收，并不会轻易萌发对于整个天下的野心；并且，由于距离遥远和身处偏方下郡的自惭形秽，或多或少，他们会对皇城心存敬畏。

直到那天，皇帝的新衣被无情剥去，传说中的受命于天，传说中的至高无上，竟然现出了赤裸裸的本相。

不知是不是幸运，董卓看到了这一切。

他清楚记得，那是一个荧光闪烁，如同梦境般不太真实的秋夜。

推开那间低矮农舍的柴门，出现在董卓眼前的，是蜷缩在一起的两个孩子，肮脏、瘦弱，在夜风中瑟瑟发抖。

这一年，帝国的皇帝刘辩十四岁，他同父异母的弟弟陈留王刘协九岁。

中平六年，即公元189年，外戚与宦官决裂。国舅何进被宦官诱杀，宦官则遭到了报复性的屠杀，刘辩与刘协被逃命的宦官带出了皇宫。逃到黄河边上，再也无路，宦官在绝望中投了河；被抛弃的兄弟俩借着萤火虫的微光，在黑夜中跌跌撞撞摸索，辗转来到京郊的一个小村庄，被收留在了一户民家。

刚刚入都的董卓闻报，连夜带兵亲迎。不料小皇帝见了董卓后，竟被吓哭，一句话也说不出来；倒是更小的陈留王，口齿伶俐，有问有答。

回城途中，董卓看着这一对惊魂未定的孩子，心情复杂。

"普天之下，莫非王土；率土之滨，莫非王臣。"难道这个满脸泪痕的少年，便是这天下万民唯一的主子？董卓心头不禁浮上一种幻灭的感觉，同时也有种突如其来的轻松——他似乎听到了某种绳索断裂的声音。

暗叹一声，他伸手抱过陈留王，紧紧搂在了怀里。

次月，董卓废少帝刘辩，改立陈留王刘协，是为献帝。

次年，董卓杀少帝，并派吕布掘开汉家皇陵，取尽了殉葬的珍宝。

中平六年（189年）八月，董卓将军队开进了都城洛阳。

董卓带来的凉州步骑只有三千人，但他将这三千人用到了极致：每夜悄悄潜出城去，第二天早上大张旗鼓重新入城，如此重复几天，制造出凉州军团源源不绝的假象，镇住京师所有豪杰，从而迅速夺取了帝国的最高权力。

综观东汉后半段政局，没有人比董卓的机会更好：他执政时，宦官外戚已然同归于尽，尽管代价惨重，毕竟两大积年痼疾都已根除；同时黄巾叛乱也已经大势已去，董卓如若此时拨乱反正，可谓事半功倍——

他的面前，同样开启过一扇光明的大门。

平心而论，刚入都时，他也做过一些好事。为陈蕃、窦武等党人领袖平反，起用一批有名望的贤臣，连大学者蔡邕都被他强拉硬拽抬出来做大官，而他自己的凉州老部下却都只被任命为低级职位，俨然像是一位力挽狂澜的国家栋梁：

董卓踌躇满志，将次年年号改为"初平"，颇有大难初定、革旧鼎新的意味。

然而，就在初平元年（190年）的正月，他的眼前竖起了一片反旗。

关东盟军讨伐董卓最主要的口实，是他心怀不轨，擅自废立皇帝。此举的确是董卓一大败笔,史家吕思勉便曾指出这实属无谓:董卓废立的理由是既然少帝怯懦而陈留王英武——事实似乎的确如此——那么为了专权需要,你老董何必为自己制造一个能力更强的对手呢?

吕思勉只能喟然长叹:为了替国家选一个好皇帝,起码在动机上,董卓好像是可以原谅的;当然,至于有没有资格就另当别论了。

千百年后,董卓已然成为集众恶于一身的乱臣贼子典型。不过,他究竟有没有篡位的野心,倒也值得商榷。废立之后,他以献帝的名义,任命自己为超越三公的相国,成为萧何之后第一人,还想让献帝称自己为"尚父",蔡邕劝他等到天下太平再说,他答应了;后来京城地震,蔡邕借机讽喻董卓乘坐的青盖车逾越了人臣礼制,董卓当即改成了黑盖。

值得一提的是,董卓遇刺,是在入宫祝贺献帝病愈的途中。

董卓伏诛后,蔡邕在集会时忍不住叹息,面有悲哀之色。王允见了,大发雷霆,将其逮捕,杀于狱中。

"卓,国之大贼!杀主残臣,天地所不祐,人神所同疾。君为王臣,世受汉恩,国主危难,曾不倒戈,卓受天诛,而更嗟痛乎?"

为董卓之死感慨的只有蔡邕一人。当吕布狂吼一声,将董卓的头颅高高举起时,整个长安都发出了欢呼。成千上万的百姓涌上街头高歌纵舞，很多人甚至将仅有的衣服卖了，换成酒肉庆祝。董卓胖大的尸首，被人从肚脐眼插入捻子，当成一盏肥腻的油灯，足足燃烧了好几天。

一点腐臭的火苗，照亮了大半个汉家的夜空。

无论在哪一天死去，董卓的末日都会成为节日。

实际上，大部分人其实并不在乎董卓的废立是否合理，甚至不关心他是否有取而代之的计划。他们只希望能尽可能多咽下几口粗粮，多看到几个黎明。

乱世之中，他们已经经历了太多的磨难，见识过了太多的血腥。然而，董卓的出现，对于他们，仍旧是一场难以想象的噩梦。

董卓在洛阳站稳脚跟后，做的第一件事竟然是抢劫。他放纵士兵，满城狼奔豕突，剽虏钱财淫掠妇女，连皇宫中的公主都不能幸免。有位维持秩序的大臣看不过，惩罚了一个头目，董卓大怒，说即使是他养的狗也轮不到别人来教训，立时杀了那位大臣。

改立献帝那年二月，董卓的一支队伍行军时遇到某处村民正在举行社日集会，士兵们悍然发动攻击，将手无寸铁的男子全部杀死，割下头颅，一排排系在车辕上，妇女财物则被捆载在车后，高歌呼啸而还。

如果说这些暴行还可以归结于董卓御下不严，那么他本人的残忍，在历史上也名列前茅。他有一个很变态的嗜好，喜欢听着惨叫声喝酒，常常将宴席变成刑场，向客人展示精湛的杀人艺术：割舌、挖眼、砍手剁脚、水煮火烧，一杀就是几百人；许多宾客的筷子都被吓得抖落在地，他却胃口大开，狼吞虎咽谈笑风生。

落到董卓手中，一刀两断属于几世修来的福气，他会想尽办法让你的最后一程走得漫长而痛苦。有一次，董卓把几百名战俘全身用布条裹了，头朝下倒立，然后浇上油膏，点起火慢慢将他们烧死。

迁都长安后，已成为废墟的洛阳二百里内，积尸盈路，无复人烟。

很快，长安城中出现了这样一首民谣："千里草，何青青，十日卜，不得生。"被按倒在斧砧上的百姓，以极致的愤怒，将董卓的姓名拆解成了一句怨毒的诅咒。

终于，那个初夏的清晨，董卓一步步走进了王允和吕布为他设置的死亡陷阱。

根据史书记载，那天的天气很好："日月清净，微风不起。"

倾听着宫门外由远及近的马蹄声，吕布悄然握紧了手中新磨的铁戟。

"千里草，何青青，十日卜，不得生。"

与王允一样，站在两扇门前的董卓，结局其实也已注定。

无论初衷如何，董卓的覆灭都不可逃脱。本质上，他只是一个蛮横的武夫，缺乏操持国柄的基本素质。其实，潜意识里，他似乎也对洛阳或者长安，这些具有国家象征意义的都城始终保持着隔阂，甚至敌意。

他曾在关中修筑过一个坚固的堡垒，号称"万岁坞"，坞壁厚达七丈，与长安城城墙等高，并在其中积蓄了可以维持三十年的粮食。他扬言，有此坞在："事成，雄踞天下；不成，守此足以毕老。"事败之后，人们从坞中搜出金银十多万斤，珠玉锦绮奇玩杂物堆积如山。

显然，进驻长安的董卓，极度缺少自信和安全感。与其说他愿意定国安邦，不如说他更热衷于对陌生土地的侵略和榨取，这应该就是他纵容甚至鼓励部属，尽情蹂躏两都的原因。

不可讳言，这其中还有仇恨。作为一个拥有强兵的边将，朝廷对他有过太多的猜疑和压迫，还有一次次不怀好意的谋算。当终于有机会让昔日趾高气扬的文武百官乃至皇帝本人都匍匐于脚下时，几十年所受的委屈，顷刻间如火山喷发。

吞噬洛阳的大火熊熊燃起，董卓的身影，在火焰里狰狞变幻，终于现出了毁灭一切的魔鬼本相。

或许，那个秋夜，董卓就已经在绿莹莹的荧光中吐露了魔鬼的獠牙。

小皇帝浑身战栗，不由得哭出声来。

也有文献记载，少帝被吓哭，是因为董卓一伙长得太过凶恶，与平常见到的人相貌有很大区别。确实，董卓的凉州兵，不全是汉族人，而杂有不少羌族人等。

虬髯、凹目、高鼻，还有那掩饰不住的腥膻，都在提醒少帝，这些来自远方的粗豪骑士，必然会把即将到来的劫难，再放大许多倍。

董卓虽是汉族人，但性格上，倒更像是羌人。他是陇西临洮人，而临洮是羌汉混居区。董卓从小与羌人混在一起，天性不喜读书，好勇斗狠，力大身壮，能左右开弓，在羌胡中很有威望。

董卓的羌化不是个例。多年与羌人作战，整个凉州都已经娴于武事——"关西顷遭羌寇，妇女皆能挟弓而斗"，与"山东承平日久民不习战"形成了鲜明对比。

并州的情况也与此类似。以吕布为例，他是九原郡人，远在长城以北，邻近当年卫青、霍去病为匈奴而建的受降城，按照现代区域划分，属于蒙古国。从小在草原长大的吕布，练就一身绝世的骑射功夫，自是当行本色——

董卓与吕布结成父子，未尝不是一对已然羌胡化、崇尚武力与自由的男子汉，彼此英雄重英雄的惺惺相惜。

凉并联手，一时间天下无敌：

"天下所畏者，无若并凉之人与羌胡义从——明公拥之以为爪牙，譬犹驱虎兕以赴犬羊，鼓烈风以扫枯叶，谁敢御之！"

函谷关外，袁绍等大小诸侯无言西望，人人面有惧色。

但是，第二年，只孙坚一支孤军，便攻破董卓的严密防线，进入了洛阳。

孙坚是吴郡富春人。"吴越之君皆好勇，其民至今好用剑，轻死易发。"吴人剽悍，一两年间，跃然而成凉并一大劲敌。

吴人右武固有传统，然翻阅《汉书·地理志》，谈及风俗时，几乎在全部州郡名下，其实都标注有桀骜不驯的一面：

"（秦地）多阻险轻薄，易为盗贼，常为天下剧。"

"（河内）俗刚强。"

"（颍川、南阳）其俗夸奢，上气力，好商贾渔猎，藏匿难制御也。"

"（卫地）其俗刚武，上气力。"

"（赵地）悲歌慷慨。"

"（冀州）患其剽悍。"

…………

何谓风俗,《汉书》如此解释:

任何地方的人民,都有"五常之性","刚柔缓急"各不相同;明君治国,就是移风易俗,"混同天下一之乎中和,然后王教成也"。

班固理想中的"王教",就好比用皮鞭与食物驯化野兽,恩威并施,依次化解每一块土地的暴戾之气,最终将整个天下提升到礼让和谐的境界。

然而,如今驯兽师已然倒下,挥舞几百年的皮鞭也朽断在了风中。兽笼骤然开启,凉并之后,一个个州郡陆续惊醒,睁开了血红的眼睛。

如果说来自草莽的黄巾,属于对皇权的外部攻击,那么,现在,皇权的挑战者,由外及内,深入到了朝廷内部。

在此背景下,一个活生生、仍然在位的皇帝,处境变得极为尴尬。正如董卓主持的废立,汉献帝曾多次落入军阀手中。理论上说,弑杀一个十来岁的小皇帝易如反掌,可即便是满朝文武惨遭杀戮时,他也被留下了性命。但他的存在,又像一个烫手的山芋,扔不得吃不下,会令叛军们感觉非常不自在,也不知道该拿他怎么办,因此一有机会,就乐于放他走。

当帝国的统治者,在不同的军营中颠沛流离时,他事实上已经遭到了遗弃。

"受命于天，既寿永昌。"

摩挲着从洛阳古井中得到的传国玉玺，吴人孙坚沉吟多时，终于将这块冰冷得如同尸体的石头放入了自己怀中。

王朝的封印终于被揭开，失去镇压的大地剧烈晃动起来。

五指山轰然坍塌，成群的猴王怪叫着冲上了云霄。

旧版图被扯得稀烂。

经纬凌乱，山河错位。失去指引后，很多人迷了路。

吕布便是其中之一。

依然手握方天戟，依然身跨赤兔马，他却感到了前所未有的虚弱。

偌大天地，此后该往何处去。徘徊在旷野中央，吕布眼前一片茫然。

就像一匹失去巢穴的野狼，他的余生，将在没有终点的奔驰中度过：没有了国，没有了家，也没有了故乡。

有的只是无休无止的进攻，无休无止的防守，无休无止的杀戮。

杀人，抑或被杀。

如同一团来自地狱的火云，赤兔马所到之处，踏碎了城池，踏碎了尊严，踏碎了田园，踏碎了炊烟……

踏出了一片只适合征战的草原——

那千里万里,望不到尽头的青青草原。

相关史略：

公元 107 年，烧当诸降羌分布各郡县，为地方官吏所虐，仇怨积久，后又为迎西域都护而征发羌人男丁，遂纷然而叛，揭竿以攻政府兵。

公元 169 年，护羌校尉段颎平东羌诸部，斩渠帅以下一万九千人。羌民第三次大起义被镇压，西北残破。

公元 189 年，大将军何进召董卓入洛阳胁迫何太后，以诛宦官。

公元 192 年，李傕、郭汜杀王允、败吕布，控制献帝，把持朝政；欲以功封贾诩为侯，贾诩言设计只为保命，坚决不受。李、郭败后，贾诩先投张绣后归曹操。

公元 195 年，李傕、郭汜互疑，一劫皇帝，一劫公卿，勒兵相攻，连战五月，死者万数。后经调解讲和，献帝乘机急奔安邑。

公元 196 年，献帝由兴义将军杨奉从安邑送回洛阳，曹操率兵入朝，迁献帝于许昌，从此权归曹氏。其时，袁绍据有冀、青、并三州，曹操据有兖、豫二州，公孙瓒据有幽州，陶谦据有徐州，袁术据有扬州，刘表据有荆州，刘焉据有益州，孙策据有江东，韩遂、马腾据有凉州，公孙度据有辽东。各怀异志。

公元 197 年，郭汜被其部属诛杀于郿。

公元 198 年，曹操遣将征讨李傕，灭其三族。同年曹操亲击吕布，吕布降，仍斩之。

覆　巢

"其四：悖伦不孝，大逆不道。"

念到此处，丞相军谋祭酒路粹顿了一顿，有些不安地偷眼望了望他的幕主曹操。曹丞相面无表情，双手扶头倚在案上，双目紧闭，像是已经睡着了。路粹吞了口唾沫，继续照着稿子念下去。

"他多次在公众场合宣扬，父母与子女之间其实并没有什么恩情：对父亲来说，生孩子只是为了发泄自己的情欲；对母亲来说，肚子像个瓦罐，子女不过像是寄存在瓦罐里的物件，倒出来后，就什么关系也没有了。"

路粹又望了望曹操。他注意到，丞相面部的肌肉似乎抽搐了一下，嘴角竟然隐约出现了一丝笑意。不过，他怀疑这只是自己的幻觉，因为房内只点了一盏小小的油灯，光线微弱，丞相的整个身子几乎全都隐没在了幽暗之中。

"此外，他还说过，如果碰到饥荒，而自己的父亲是个败类，那么宁愿把食物送给别人，任凭父亲饿死。"

曹操依然没有任何反应。路粹突然产生了一种莫名的恐惧，他竭力控制住自己，卷起稿子跪伏在地。

许久许久，曹操还是一言不发。路粹感到周围的空气好像慢慢结成了冰，他几乎想要战栗起来。终于，黑暗深处，传来了一声长长的叹息。

叹息充满了苍凉，还有难以掩饰的疲惫——

当然，路粹还从中听出了刀锋破空的声音。

建安十三年（208年），以献帝的名义，曹操控制的汉廷下达了诛杀太中大夫孔融的诏书。除了不孝，路粹等人为其罗织的罪名主要还有以下几条：趁着天下多难，野心膨胀，招兵买马图谋不轨；交结孙权使臣，口无遮拦诽谤朝政；无视官府礼仪，常常不戴头巾秃着个脑袋乱跑，严重损害朝廷威严；与狂生祢衡互相吹捧，祢赞孔"仲尼不死"，孔则答祢"颜回复生"，实属狂妄至极。

纷纭乱世，杀个把人实在算不得什么，何况区区太中大夫，不过是个负责谏议的闲职。然而，这场死刑还是震动了整个中国。

因为孔融是当时的儒林领袖，文辞诗赋的泰山北斗，"海内英俊皆信服之"，连刘备都曾为"孔北海（孔融曾任北海相）乃复知天下有刘备邪"而受宠若惊；此外，孔融头上还顶着神圣的光环：

他是孔子的第二十世孙。

但不仅"二十世孙",曹操连孔子的"二十一世孙"也没有放过。孔融有一对小儿女,儿子九岁,女儿七岁。祸起之时,兄妹俩正在下棋,得知父亲被捕竟毫不惶恐,继续游戏。旁人不解,问他们这是为何,他们答道:"难道打翻的鸟巢下还有不破的鸟蛋吗?"童音稚嫩却冰冷,闻者不寒而栗。曹操得知,"遂尽杀之",二子"延颈就刑,颜色不变"。

纯洁的童血染红了棋局。这两位未成年的罹难者没有留下名字,却为后世创造了一条著名的成语:"覆巢之下焉有完卵。"如果根据《世说新语》,关于这条成语,还有一段《后汉书》没有记载的情节:孔融曾经向前来收捕他的官员求情,希望将所有的罪行都限于自身,而尽量保全这对孩子的性命。

无望的哀求令人心酸,也符合一个父亲的心理。但是,假如对照孔融那段被视作绝情寡恩的父子论,他的言与行显然南辕北辙。实际上,他本身就是个著名的孝子:十三岁时为父守孝,哀伤过度无法站立,得靠别人搀扶才走得了路。

事后,曹操亲自撰写了一个向天下人揭露孔融真实面目的公告。耐人寻味的是,文中曹操只字不提谋反等叛逆大罪,而只强调了孔融丧心病狂、败德乱理,散布违背人伦孝道的怪论,对社会风气造成了极其恶劣的影响。

在公告的末尾，曹操写道："虽肆市朝，犹恨其晚。"如今孔融虽然已经得到了应有的惩罚，可我还是痛恨这一天来得太晚了！

重重掷笔，曹操面色铁青。

行刑之后，孔融一家被暴尸街头，没人敢去收敛。此时，京兆人脂习慨然来到刑场，抚尸凭吊，哭道你舍我而去，我活着还有啥意思呢。曹操大怒，收捕脂习准备一并处死，经人苦劝才勉强赦免了他。

脂习是孔融多年的朋友，曾经多次劝谏孔融改改脾气，可孔融一直不听。因此，他对孔融悲惨的结局，一点也不感到意外。

因为谁都知道，曹操就像一头猛虎，是绝对不能挑衅的。

但孔融生命的最后几年，却几乎将拨弄曹操的虎须，当成了人生最大的乐趣。

可以说，如果没有最后的杀戮，孔、曹两人的关系，更像是一对习惯以文字来互相轻薄的文人。

第一回合发生在建安九年（204年）。曹操攻下袁绍的大本营邺城，儿子曹丕霸占了其媳甄氏。战争年代，妇女是稀缺资源，以敌人妻女作为胜利者的犒赏实属寻常，孔融得知后，却千里迢迢从许昌写了封信送到邺城，说："当年武王伐纣，以妲己赐周公。"曹

179

操当时没看懂，回许昌后问孔融这是什么典故，孔融答道："根据最近发生的事，想当然罢了。"

三年后曹操北征乌桓，出师前的军事会议上，孔融郑重道："当年肃慎国目无周王，不纳贡品；汉武帝时，苏武流放北海，被丁零人偷了牛羊。北方人的这两桩罪行至今没有清算，大将军此番顺带着解决了吧。"满座文武哭笑不得。

很快又发生了第三次摩擦。兵连祸结，各地出现了饥荒，曹操下令禁酒。这本是善政，孔融却连连致书反对，还洋洋洒洒写了一大篇赞美喝酒的文章，说什么"天上有酒星，地上有酒泉，可见喝酒乃是天经地义"，"古代的明君先哲，上和神灵下安人心，凭的都是酒：尧不喝千盅，就不能建立太平盛世；孔子不喝百觚，就不可能成为圣人"。曹操指出酒色亡国，孔融愈发来劲，干脆将话说破："夏商都因妇人而亡，但时至今日，没见有人下令禁止婚姻。什么亡国之戒都是官样文章，你只是吝啬粮食罢了。"

有意思的是，这几次交锋，发难方都是孔融，虽然手无寸铁，却始终掌握主动，曹操反倒都是被迫着招架。千载之下，读这几段文字，我们还能从中感受到孔融的咄咄逼人和曹操的手忙脚乱。

"宁我负人，毋人负我。"即便这句将人性之恶发挥到极致的名言只是抹黑，曾有多次屠城恶行的曹操也绝不是什么善男信女。然而，从"以妲己赐周公"的攻击到阻挠禁酒的撒泼，曹操对孔融却一再忍让，手持每个笔画都散发出敌意的书简，唯一的表情似乎只有尴尬的苦笑。

其实，曹操的恼怒曾经暴露无遗。禁酒事件后不久，曹操给孔融写过一封信，其中有这样一段杀气腾腾的文字：

"孤为人臣，进不能风化海内，退不能建德和人；然抚养战士，杀身为国，破浮华交会之徒，计有余矣！"

显然，曹操早已磨刀霍霍。然而，要到建安十三年（208年），雪亮的刀片才落下——孔融被处死时，距离"以妲己赐周公"足足过去了四年。

还有史料记载，袁绍与孔融交恶，曾经写信给曹操，想让他替自己杀了孔融；当时曹、袁两家尚未决裂，而且曹弱袁强，但曹操硬是顶住了压力，没有答应。

这不长不短的四年间，究竟是什么，按住了曹操挥刀的手？

曹操一生，经历风浪无数，也多次陷入命悬一线的困境，兴平元年（194年）应该算是其中一道相当凶险的关坎。

那年，四十岁的曹操东征徐州，战事正紧，后院突然起火，老巢兖州被吕布掏了，所属郡县纷纷倒戈。曹操慌忙回师镇压，竟然发现连自家人马都开始有些运转不利了，将士心存观望并不力战，甚至有多名高级指挥官参与叛变，结果曹军在濮阳大败，他本人也被烧得焦头烂额，几乎就此送命。

事变起因是曹营内部陈宫、张邈开门揖盗，叛迎吕布。陈张二人本是曹操亲信，交情匪浅，曹操出师前甚至还将家小托付于张邈，为何骤然翻脸？二人一呼，整个兖州又为何轰然响应？平乱之后，曹操痛定思痛，终于找到了真正的祸根：一个死在他手里的儒生。

边让。此人向来恃才傲物，不把曹操放在眼里，多次在背后讥讽辱骂；曹操忍无可忍，终于在出征徐州前将其诛杀。当时曹操并不以为意，但失去兖州之后才知道此人分量之重：虽然只是一介书生，边让却是当世一大名士，仰慕者无数，陈宫与张邈都是他的崇拜者，如今无辜罹难，自然对曹操恨之入骨——事实上，不仅兖州，全天下的读书人都被激怒了，正如陈琳为袁绍作的讨曹檄文中说："士林愤痛，人怨天怒，一夫奋臂，举州同声。"

这次图一时解气而惹出的大麻烦，令曹操着实领教了名士的厉害。因此，此后与大小名士周旋时，他不得不打起全部精神，丝毫不敢懈怠：

曹操已经清楚，所谓的名士大儒，并不是单枪匹马，每个人身后，都站着一支剑拔弩张的隐形军团；他们每作一次揖，每挥一次袖，每一颦每一笑，都是一次悄无声息而又威力巨大的袭击。

冷冷一笑，曹操的黑名单上，又添加了一个需要对付的假想敌：

以名士为急先锋的世家大族。

读史需学老吏断案，不可轻易放过任何痕迹，因为有很多秘密，被化整为零，拆解在了字里行间。

比如《史记》中的《世家》。这本是司马迁用来收纳列国诸侯史事的部分，但《史记》之后，《世家》体例却在史书系统中消失了。当然，这可以理解为秦汉以后诸侯国已经消亡，不过，后世官史在《纪》下直接编排《列传》，是否能够反映出真实的社会框架：权力的金字塔上，代表王权的《纪》，与代表个人的《列传》，两者之间，难道真的只是一马平川？

世家，顾名思义，是以血缘为纽带、延续性的家族势力；六国亡后，这个原本仅次于王权的古老阶层，真的已经从历史舞台退场了吗？

兖州之变，提醒了曹操，不能只关注远方的沙场，自己的后方同样杀机四伏。

就像毒龙，虽已截角去鳞，但牙爪仍在。尽管秦始皇用郡县代替了封建，不过世家大族并未因此被解散，在宗法制下得以继续繁衍。而经过发酵的时间可以转化为巨大的能量，一个传承多代的家族，足以抗衡一定程度的王权。因此，打击与压制，始终都是政府治理世家的主导思路。前后两汉将近四百年，可以说就是一部家族斗争的历史——王权本质上也是一个家族。然而，最终的胜利并不属于皇帝，这可以从史籍对家族的称谓变化得到证明：《史记》《汉书》："宿豪大滑""豪奸""强宗大奸"；《后汉书》："豪贤大姓""缙绅""世家冠盖"。

世家大族漂白自己最有效的手段，就是趁着帝国中枢不可避免地衰弱，逐渐控制评判人才的舆论话语权，进而操纵朝廷选官制度。

两汉用人，除了从上到下的征辟，主要就是由下到上的察举：即地方长官向朝廷推荐辖区内的人才以备选用。在隋唐的科举制诞生之前，这固然是一个相对公平的制度，起码理论上能使所有人享有政治上的出路；但察举的弊病，也早就暴露。明帝时曾有一位大臣专门为此上书："郡国举孝廉，率取年少能报恩者。"一个"报"字，点明了察举的本质。

很多时候，察举，就像一个以朝廷官职为私家筹码，反复交换的抛绣球游戏：先由甲推荐乙的子弟做官，再由乙的子弟回头举荐甲族中更年轻的后人；如此彼此援引，再三循环，直至由各大家族瓜分、垄断整个帝国的官员荐举权。

有学者曾经统计，在三百一十名东汉所察举的孝廉中，有家世可考的便有二百六十五人，其中出身于官宦世家的，至少有一百三十九人。

整个西汉，再世宰相已是不可多得的盛事；但是到了东汉，却出现了许多"四世三公""五世三公"等所谓"累世公卿"、百年不倒的世家大族，曹操前半辈子最大的对手袁绍，便出自其中之一。更严重的还是，这些大族举荐的门生故吏遍布天下，彼此结成了牢不可破的利益集团，后者随时能够为前者赴汤蹈火，甚至不惜为此违背朝廷律法，因此袁绍只需一声唿哨，便能将千军万马招至麾下。

孔融的家族同样不容小觑。

风水轮流转，时代不同，得势的家族也不尽相同：或是六国贵族后裔，或是豪商巨贾，或是地主侠客等；随着光武等汉帝对儒学的进一步推崇，掌握儒经传授的家族成了最大的赢家。因此，很大程度上，孔融甚至比袁绍更具威胁。毕竟身为圣人嫡裔，在儒学正统的意义上有着不可替代的象征性地位，而且儒家的经义道德，更是察举孝廉最重要的标准，"累世公卿"的前身，往往先是"累世经学"。而孔融个人，也不是甘于寂寞之人，"好士，喜诱益后进"，对推引人才异常热心，边让便是他向朝廷举荐过的众多名士之一。

正如袁绍隐藏于姓氏之中的影响力，孔融虽然看似赤手空拳，可只要一个转身，也有机会麻雀变凤凰，瞬间由学阀武装成军阀。

无疑，对付孔融一类具有世家大族背景的名士，曹操必须再三慎重。

关于曹操，无论毁誉，但谁也不能否认其善于用人。当时的名臣杨阜便发过这样一句感慨："曹公能用度外之人。"意思是曹操往往能够不计前嫌选用人才。史书记载了许多曹操用人的佳话，尤其是官渡战后，缴获了自己部下与袁绍交通的大量书信，却不拆视全部一焚了之，令人击节赞叹。曾有很长一个阶段，曹操给人的印象是气量恢宏，能忍人所不能忍，容人所不能容，甚至得了敌将待如上宾，俘获叛臣既往不咎，对属下赏功不罚罪，也不随便吞并州郡豪强的兵马。

其实对待文人，曹操也有极其宽容的时候。祢衡把他骂得狗血喷头，虽然心中恼怒，但也只是远远发送了事。

对此，史家赵翼归结于曹操的权术。他认定曹操本性"雄猜"，种种"度外用人""特出于矫伪"，目的只是"以济一时之用"。

不过，此时的曹操，"一时之用"，或许诠释成"一时之惧"更为恰当。

面对世族，曹操怀有一种与生俱来的自卑。

袁、曹交战，袁绍曾命名士陈琳作了一篇声讨曹操的檄文。据说当时曹操头风发作正卧病在床，读到檄文后毛骨悚然，出了一身冷汗，头疾霍然而愈。

檄文劈头就从曹操的祖父骂起，剥皮拆骨，好生清算了一遍曹家祖宗三代的老底。与袁绍等人的显赫家世不同，曹家门第低微，甚至有过继给宦官当儿子的不光彩经历，被归入低人一等的"浊流"。这是曹操终生的隐痛，晚年撰写带有自传性质的《明志令》时，笔下还委屈万分："自以本非岩穴知名之士，恐为海内人之所见凡愚……"

因为身属"浊流"，曹操的起点比起袁绍等竞争对手要低很多，创业过程更是艰难不少，自然会因此而在潜意识里埋下对世家大族的敌意。如果说，曹操前期对孔融和祢衡的宽纵，可以理解为羽翼未丰时的妥协，那么与此同时，他也步步为营，展开了一场持久而坚定的反攻战。

曹操执政重法，治国严厉，年轻时便以不畏权贵、在天子脚下棒杀贵戚出名。随着地盘逐渐稳固，他进一步"整齐风俗""重豪强兼并之法"，挟着胜多败少的兵威，逐渐开始了对世族的约束。

袁、曹官渡决战时，谋士郭嘉等人分析形势，得出了曹操十胜、袁绍十败的结论；其中很关键的一条就是袁绍放纵豪强、"以宽济宽"，不可能不败，而曹操对待世家大族则"纠之以猛"，必然获胜。

很快，乌巢上空燃起的熊熊烈火，验证了郭嘉的预言。

综观曹操施行的政策，有一条简直前无古人后无来者。他发布过著名的"唯才是举三令"，竟然声称用人只问才学，不问品行，如此露骨地公告天下："负污辱之名，见笑之行，或不仁不孝而有治国用兵之术，其各举所知，勿有所遗！"

求贤若渴的背后，这也是曹操向世家大族射出的一支利箭：

既然世族打着道德的旗帜高自标榜，那么如今撇开道德"唯才是举"，无异于将所有家族拉下云头，按照自己的标准重新分配权力。

耐人寻味的是，曹操一方面高调收拢"不仁不孝"的人才，另一方面，却以"不孝"之名将孔融绑上了刑场。

在离经叛道的意义上，曹操与孔融其实属于战友；从留下的诗文看，孔融对曹操的态度也并不一味敌对：

"瞻望关东可哀，梦想曹公归来。"

"从洛到许巍巍，曹公忧国无私。"

一口一个"曹公"，可见孔融对曹操曾经寄予厚望；祢衡羞辱曹操时，他不仅大加责备，还劝他前去赔罪，这与他后期对曹泼辣放肆的戏谑形成了鲜明反差。

对于孔融，这并不是唯一的矛盾。他的人生，从中段开始出现扭曲，愈演愈烈，直至最终发生了一百八十度的逆转。

相比悲剧的谢幕，孔融拥有一个极其精彩的开局：年仅四岁便因让梨声名远扬；十岁时，更以在李膺座上侃侃而谈"先君孔子与君先人李老君相师友"，故"融与君累世通家"，而获李膺"必为伟器"的叹赏。

在一片喝彩中，孔融度过了童年；而他的青春期，守孝，苦学，依然朝着李膺期许的"伟器"方向稳健发展。十六岁时在党锢之祸中的表现，更是为其博取了整个士林的赞誉。

党人张俭逃亡，投奔孔融之兄孔褒；不巧只有孔融在家，张俭见其年少，本不想告知；孔融察言观色，主动收留；不久事泄，张俭逃脱，孔融兄弟却被逮捕；受审时二人争罪，连他们的母亲也参与进来，"一门争死""郡县疑不能决"，最终上报朝廷，才判决处死孔褒，"融由是显名"。

争死固然不易，但气节本是东汉士风，也属正常。孔融的"伟器"之路仍在继续。之后从"州郡礼命皆不就"到"辟司徒杨赐府"，走的也是养望待沽直至价位合适出手的大众路线。不过入仕之后，这位以让梨掘得第一桶金的名士，却逐渐显露出了他超乎常人的锋芒。

孔融个性的首次全面爆发，是在国舅何进被任命为大将军那年。何进升官，孔融代表自己的幕主杨赐前去道贺；何府的门房摆架子，没有马上进去通报，孔融立刻夺回名片，转身回府，并随即辞职返乡；何进当时已是第一权臣，他的下属感觉受了污辱，竟派出刺客追杀孔融。

是一位幕僚说服何进出面召回了刺客。他提醒道：

"孔文举（孔融的字）于时英雄特杰，譬诸物类，犹众星之有北辰，百谷之有粟稷，天下莫不属目也！"

这年孔融三十一岁。步入中年的孔融，越来越不掩饰自己的喜怒，与领导同僚的关系也处得越来越不融洽。"与中丞赵舍不同托病回家""忤（董）卓旨，转为议郎"，一路唇枪舌剑，直至将矛头指向了曹操。

与这个由谦让到张扬的转化过程相呼应的，是他越来越出格的言论。终于有一天，他发出了"父之于子当有何亲"这样惊世骇俗的质问。

如此颠覆伦常的激烈观点，竟然出自孔子的后人；脉管中流动的儒学基因，令孔融在世人眼中显得愈发神秘和荒诞。

临刑前，孔融写下了生命中最后一首诗。与一般绝命诗不同，他并未用过多笔墨回顾自己的一生，而是重笔控诉了现实的黑暗。其中，有这样两句：

"靡辞无忠诚，华繁竟不实。人有两三心，安能合为一。"

这两句诗对于"父之于子当有何亲"，就像一把钥匙插入锁孔——

当孔融内心的密室轰然开启后，看到的，却只是无边无涯的荒凉。

那应该是一种对于自身的厌恶与绝望。更准确说，孔融批判的是自己所处的阶层，也就是曾令曹操如临大敌的世家大族。

"靡辞无忠诚，华繁竟不实。"

任何一种制度，无论出发点多么高尚，只要关系名利，必然会走向虚伪。察举也是一样。帷幕背后的交易与阴谋，已是公开的秘密，更可悲的是，昔日纯粹的美德，也因被引为指标而跌破了底线。为谋求出位，士人们绞尽脑汁，清高、廉洁、淡泊、意气、友爱，所有节操统统沦为演技，令人作呕的丑态日新月异，连孝顺都成了换取俸禄的筹码：为了能有机会在守孝时表现孝心，有人竟对双亲身体强健遗憾不已，更有人甚至守孝一二十年——但就在严格禁欲的墓室里，他生下了五个儿子。孔融对此尤为愤慨，他认为，动机不纯的孝道，实质上就是将父母插上草标出卖——出于这种心态，孔融有次在丧礼上看到一个人哭悼亡父时神情不悲哀，竟然杀了他。

"人有两三心，安能合为一。"

《后汉书》对孔融如此评价："负其高气，志在靖难。"的确，一直到被杀,孔融始终拥戴汉室。客观说,经过儒学两百多年的涵育,社会上也牢牢树立起了"忠"的概念。不过,随着汉家政局的恶化,大族对"忠"的信心难免会产生动摇,动摇久了,势必会萌发取而代之的野心:当汉献帝徨徨无依,几乎饿死时,兵多将广的袁绍竟然拒绝"迎大驾于长安"。孔融很自然又把根源挖到了"孝":相比"忠","孝"更切合一个家族的利益,很大程度上,关注于一门一姓的"孝",起初就埋下了对统御万姓的王权的离心。

出身正统儒家的孔融,对社会风气的堕落和世家大族的自私痛心疾首。他尝试过亲自出手,扭转这种趋势,但不久就沮丧地发现自己缺乏这样的能力。一连串的失败,令他闻到了自己身上其实也散发着老迈家族那种腐臭的气息。

在"志在靖难"之后,《后汉书》对孔融还有一句评语:"才疏意广。"孔融曾出任北海相,比曹操更早有过施展抱负的机会。只是,治理北海,从"收合士民,起兵讲武""更置城邑,立学校,表显儒术",轰轰烈烈开张,却血本无归打烊。孔融用兵处处挨打,最后连老婆孩子都搭上了——可笑在"流矢雨集,戈矛内接"的围城内,他还竭力表现镇定,"隐几读书,谈笑自若",结果熬到半夜,城破,单枪匹马落荒而逃。

追随献帝投奔许昌后,曹操的韬略令孔融眼前一亮;赞美"曹公"的诗,也是那时所写。然而,很快他就发觉了曹操与他心目中

"靖难忠臣"的距离：如果说袁绍是忘恩负义的豺狼，那么曹操分明就是欲壑难填的饿虎！

这残破的人间，这落难的皇帝，究竟还能仰仗谁来挽救呢？孔融心头一片冰凉。他只能喝酒。既然天下不可救药，那么就让所有的一切，高尚与真诚、荣光与尊严，一切的一切，都在淋漓的酒渍中统统毁灭吧！

酒酣之后，孔融破口大骂，骂何进，骂董卓，骂袁绍，骂曹操。

当然，也骂自己：骂自己乳臭未干便学会了用一只梨来迎合与矫饰，骂自己鄙视所有人但又喜欢听到他们的掌声，骂自己下笔千言却百无一用——

骂得最多的，还是苦苦捍卫大半生、却被玷污和利用了的"孝"！

就像最底层的砖块被黯然抽去，随着对"孝"的质疑，孔融心中的圣殿轰然坍塌。瘫坐在信仰的废墟间，孔融抱着先祖牌位号啕大哭。

很多时候，看似无情的破坏，或许只是因为过于热情的挚爱。

孔融末年，嗜酒放论，已为魏晋嵇康、阮籍诸人的狂诞开创了先河。

每回酒醒，孔融都能察觉危险又逼近了一步。他感到套在脖子上的绳索越抽越紧，曹操对世家大族越来越不客气，甚至对根基比袁家还深的杨家都动了杀机。尤其那封"破浮华交会之徒，计有余矣"的信，简直就是图穷匕见的最后通牒。

回这封信时，孔融一改从前的嬉笑怒骂，态度严肃言辞谨慎，表示虚心接受曹操意见，并承诺"苦言至意，终身诵之"。

从此不问世事，关起门来喝酒总可以了吧。

"座上客恒满，樽中酒不空，吾无忧矣！"

但一切已经太晚。忍耐了太久的曹操，终于要收网了。

这场迟来的死刑并不仅仅为了发泄多年的怨气。

建安十三年（208年），发生了很多大事：比如孙权攻下夏口，斩杀了太守黄祖；又比如汉廷官制进行了重大调整，罢去三公，重新设立丞相，并由曹操担任；不过最重大的事件，要到下半年才拉开序幕：

这年初秋，曹操大举进攻荆州，开始了对南方的征服。

出师之前，曹操做的最后一件事，就是借用一颗高贵的头颅，以宣告天下自己已经完全掌握了对世家大族的主动，有足够实力镇压任何一个宗族的挑战，因此在他出征期间，切勿轻举妄动。

如若不信，孔融就是榜样！

当年七月，许昌城门大开，曹操率军数十万从孔融尸体旁经过，橐橐南下。

同月，荆州牧刘表惊惧而卒，子刘琮继任。

八月，曹操军至新野，刘琮降；刘备兵溃南奔，大败于当阳。

十月，曹操眼前出现了长江。

与孙刘联军决战前的那个月圆之夜，曹操在战船上举行了盛大的宴会。

那晚曹操喝了很多酒，诗兴大发，一手持觥一手握槊，在船头踉跄赋诗：

"对酒当歌，人生几何……"

每节歌罢，三军伏地山呼作和。圆月下，曹操大氅飘扬，仰天呵呵狂笑，不意惊起一群水鸟，在被烛火映红的夜空鸣叫乱舞。

曹操顿时一怔，掌心的铁槊传来了刺骨的寒意。

凄厉的鸟鸣令他想起了孔家那对小儿女。覆巢，没错，覆巢。无论是谁，都已经看出来，汉家旧巢的倾覆已是必然。现在，是他曹操的时代了。

尽管"今治水军八十万众"不无恫吓，但至少以五敌一的绝对优势兵力，令曹操感觉距离最后的胜利只有一水之隔。他已经幻想着江南归附后，帝国的全面重建了；道德、政治、权力，都像这些鸟儿一样，已经流散太久——

自己能够为它们再造一个遮风挡雨的新巢吗？

"月明星稀，乌鹊南飞，绕树三匝，何枝可依。"曹操的声音忽然变得缓慢而低沉。刹那间，所有人都屏住了呼吸，江上静得悚然。

"山不厌高，水不厌深，周公吐哺，天下归心！"

重重一顿铁槊，曹操将酒觥狠狠抛向了对岸。

相关史略：

公元前 221 年，秦统一中国，徙天下豪富于咸阳十二万户。

公元前 198 年，刘邦徙楚齐昭屈氏景燕等大姓于关中，共十余万口。

公元前 127 年，汉武帝徙郡国豪杰及訾三百万以上于茂陵；武帝一生，此类大规模徙豪共计四次。

东汉顺帝时，河南尹田歆察举孝廉，受豪族干扰，其甥王谌号称知人，歆谓之曰："今当举六孝廉，多得贵戚书命，不宜相违，欲自用一名士以报国家，尔助我求之。"王谌举种暠，种暠父为定陶县令，家有资财三千万。

公元 191 年，冀州牧韩馥让位于袁绍，袁氏根基由此奠定。韩馥为袁家故吏，让牧后辞绍，往依张邈；后绍遣使诣邈，耳语议事，馥时在座，以为图谋害己，遂自杀。

公元 200 年，官渡之战。战前，袁绍命士兵人携三尺绳，云以之缚曹操。

公元 217 年，曹操最后一次颁布举贤令，将"至德之人放在民间"与"不仁不孝而有治国用兵之术"者相提并论。

公元 220 年，曹操卒，陈群提"九品官人法"，选人兼顾德才与门第。

公元 221 年，魏文帝曹丕重修孔庙，封孔子后人为宗圣侯。曹丕深爱孔融文辞,每叹曰:"扬、班俦也。"募天下有上融文章者,赏以金、帛。

大江东去

如同红莲绽放于暗夜,水面终于遥遥浮起了一团火苗。江崖上的吴左都督周瑜轻轻吁了口气。

胜负已分。暗叹一声,周瑜突然有了弹上一曲的冲动。"曲有误,周郎顾。"事实上,曹操气势汹汹的千里连营,在他眼中,也只是几条蚕丝般的琴弦。不过,这一刻,他又将脚底的长江当作了一张横亘于天地的巨琴,纤长的手指在袖筒里渐渐弹动起来;提揉点按、滚拂捻扫,动作越来越快,最后,竟将一脉江水拉满如弓,北向激射而去。

火苗轰然炸开,散成千万条火龙,紧贴水面呼啸着疾扑;江水煮沸似的翻滚起来,被东南风一卷,一股带着鱼腥的热浪重重拍过了大江。

北岸顿时炽焰冲天,将江面照得如同白昼,也将周瑜的白袍映得血一般艳红。

火光中,他的目光清澈而怜悯。

"孤自烧战船,徒使周瑜成名耳!"

同一个冬夜,踩着满地焦炭,曹操咬着牙甩下这句话,率着狼狈不堪的残部,打马跌撞北去。他的脸上沾满烟灰,须发焦乱五官扭曲,看起来格外狰狞。

或许那一夜曹操就已经意识到,自己这一生再也无法跨越那条河流了,虽然它曾经就近在咫尺。

建安十三年(208年)冬,在长江赤壁,五万孙刘联军迎战号称八十三万——实际二十四万左右——的曹军。

"谈笑间,樯橹灰飞烟灭。"

赤壁战后,很长一段时间,长江都是北方霸主的噩梦,甚至过了十七年,魏文帝曹丕仍旧能够感受到那场大火的余威:他本以为羽翼已丰,便想为父亲雪耻,于是拥兵十万,旌旗数百里浩荡南伐;可当他来到长江边上,面对汹涌波涛,却黯然长叹:"嗟乎,固天所以限南北也!"卷旗息鼓沮丧北还。

曹丕的叹息言不由衷。虽然他的南伐虎头蛇尾,但隔着所谓的"天限",魏吴之间其实从未停止过厮杀:粗略统计,从曹丕称帝到三家归晋,六十余年间,魏蜀吴三国之间的大规模战役起码不少于二十次，小打小闹更是数不胜数。

无论魏、吴，还是蜀，没有一个满足于割据一方。一席隆中对流传千古，羽扇纶巾，移山挪海，龙骧虎视气吞日月，但说者只是草庐内一介年轻书生，听者更不过是落魄半生的流浪将军；孙权即位，蜀汉的贺礼是一份共治中国的盟约，豫青徐幽、兖冀并凉，沿着函谷关一分两半，将曹魏的领土在想象中坐地分赃。然而谁也不会嗤笑他们虚妄，因为从来就没人相信三分将会是天下的定势。谁都清楚，裂土分疆不过是决战之前的中场休息。

"车同轨，书同文，人同君。"秦始皇吞并六国后，大一统的观念已经逐渐深入了人心，每个中国人所理解的天下，不再是本乡本土的一亩三分地，而是那圆满、囫囵，完完全全，延伸到四极八荒的华夏大地：既然将争夺天下比作"逐鹿"，那么又怎会有人只甘心分得一条鹿腿？

"合久必分，分久必合。"

简简单单八个字，概括了中国历代战争的成败得失，也成就了一个伟大民族历经几千年风雨坎坷，依然屹立在太平洋西岸的奇迹。

"千寻铁锁沉江底，一片降幡出石头。"

公元280年，当七十多岁的晋龙骧将军王濬，乘坐巨大的四层楼船，沿长江顺流而下逼近吴都建业时，又一个"分久必合"的时代来临了。

"人世几回伤往事，山形依旧枕寒流。"

云卷云舒，人歌人哭，山形依旧。不过，这一番"合"，已然不是上一番"合"。

一分一合之间，天下悄然发生了某些不易察觉的变化。

重新抟合一个完整天下，需要所有散落的板块围绕着同一个中心聚拢，魏蜀吴三国的争斗，便是这种内向凝聚力的体现：每一次进攻，事实上都可以比喻成一块版图的榫头试图楔入另一块版图的卯眼。然而，仔细观察那段历史，我们也能发现，在进军中华腹地的同时，每个政权也朝着相反的方向发力。

曹操兵出辽西北征乌桓，是在赤壁战前，暂且不提。"五月渡泸，深入不毛"，诸葛亮南征滇黔，七擒孟获，千年之后依然传唱不休。孙吴走得更远，除了在本土搜检山越，还扬帆起航，北到辽东，南达南洋，深度巡视了帝国的整条海岸线。

后退是为了前进。曹操的北征，诸葛的南征，抑或是孙吴的搜山检海，目的都是为了巩固后方，壮大实力。以孙吴对山越的征服为例，将原本藏匿于高山密林的越人逼出来，妇孺开荒种地，男丁当兵打仗：公元237年，诸葛恪征讨丹阳山越，一次就得了四万员兵力；吴亡国时，全部军队约有二十万人，山越便占了半数以上。

曹操的乌桓与蜀汉的西南夷，对于各自政权也具有相同的意义，每家都掘地三尺，尽可能发挥出每一寸国土的潜力。

"丞相天威也！南人不复返矣！"随着诸葛亮将泪流满面的蛮王孟获从脚下扶起，蜀汉的身躯倏然南伸了几百里，将治理南方的庲降都督治所从平夷（今贵州毕节）大幅推进到了味县（今云南曲靖）。

至于孙吴，以荆扬交广地区为例，从东汉政府接收过来时，只有二十郡二百六十五县，经营几十年后，增加到了四十三郡三百一十三县。

不过，能够无限膨胀的息壤只存在于神话里，版图还是那张版图，山林也还是那些个山林，郡县数目的增加，大部分情况下并不意味着"天下"面积的扩大。

中华的广袤确实令人自豪，但只要我们满足于"四海一家"，只要我们想象的尽头还不能超越海洋，我们的国土实际上还是个内闭的大陆：

过去的千万年里，沙漠、高山、海洋、热带丛林、极北荒寒，其实暗暗画了个圈子，把在黄土地上繁衍起来的黄皮肤人圈在了里面。

魏、蜀，或是吴的努力，本质上不过是在各自方向，探索了这个圈子的边缘。

"六合之内，皇帝之土：西涉流沙，南尽北户，东有东海，北过大夏。人迹所至，无不臣者。"（始皇二十八年《琅琊刻石》）

始皇帝的伟绩，已被凿入了山石，面朝大海，紫气东来。他设置的三十六郡，也将这片土地上，人类对于生存空间的拓展，逼近了他们在后来两千年间所能达到的极限。但是，对于六国故地之外的不少郡县，尤其是南方，他只是夯下了帝国的界桩，桩与桩之间，尚且存在许多空白。

荡平六国，并不意味着始皇统一大业的最终告成。除了北击匈奴，降于越、攻闽瓯、开灵渠，铁甲军团接连南下；甚至在逝世的四年前，他还征发了一支由逃亡者、赘婿、商人，这些被帝国制度歧视的群体所组成的庞大军队，攻取岭南。

始皇帝的铁腕所向无敌。公元前 214 年，岭南被分置为桂林、象郡、南海三郡，纳入了秦王朝的版图。然而，翻山越岭几千里，漫长的传输中，他的威慑力也在大量流失。南方山林对于遥远的朝廷，更多时候只是名义上的臣服。东汉光武帝时伏波将军马援的事业，很典型地说明了帝国南疆这种松散而敷衍的服从：他曾经平定过交趾，即越南北部的叛乱，并在当地竖了两根铜柱以为大汉南界，但最后却因镇压湘西的蛮族叛乱，在武陵溪中了瘴气，染疫而亡。

铜柱竖立之处，并不意味着朝廷的政令就能够真正覆盖。事实上，秦汉帝国，对于江南尤其是岭南的治理，很多地方还只是以城池为据点，点线状的军事殖民，影响力只能沿着驿道辐射，根本无法进入深山；甚至到了二十世纪，我国西南云贵川一带还有许多少数民族，像从前的山越那样生活在山林深处，采摘狩猎为生，一辈子不与外界来往。而三国基于军事需要的开发，通过增设城池与驿道，客观上收缩了统治网的网眼，将南部中国绾结得更加紧密。

这一轮开发的效果直到今天还可以看到：以蜀国为例，四川等地现在仍然有很多人一年四季用白布包头，据说这种习惯最初是为诸葛亮戴孝，已经传承了几十代；而西南诸省的许多饮食风俗，细究起来源头还是当年刘备从北方带入的。

然而，任何交流都是双向的，改变对方的同时，自己也会被对方不同程度改变。这种改变的意义极其重大：比如说，当断发文身的越人勇士，或是骑着白象的羌人族长，与中原战士并肩作战，此时，如果以大历史的角度看，这场战争的胜负其实已经退居其次。

开山伐木，铺桥凿路。瘴气散尽之后，一条青色的大河随着越人与白象，缓缓流入了所有人的视线。

"水者，地之血气，如筋脉之通流者也。"

正如《管子》所言，在现代交通工具出现之前，乘船，是人类最经济、也是最普遍的交通方式。当年马援征伐武陵蛮，走的便是水路。

因此，河流，不仅是所有文明的发祥地，也是历代战争的最前线。

从来没有一段战争，像三国这样被后人反复拆解复盘，也没有任何一部历史小说，比《三国演义》更受追捧。不过，即便是最狂热的读者，或许也没有意识到，这部小说的精彩，很大程度上是因为那条中国最长的河流——有人曾经统计过，《三国演义》全书起码有一半以上牵扯着长江。

这也是这段历史最大的魅力所在。

正如孔子所云"智者乐水"，"水"，在中国从来就是一个等同于智慧的文化符号。流动，注定了它走向的诡谲与多变；而这种等同挑衅、不易预测的悬念，对人类的思维永远存在吸引。

因此，作为一部以谋略为核心主题的小说，《三国演义》的成功，无疑与将主要场景设置在长江，有着莫大的关系。

而长江的郑重引入，对于中国历史，具有无比重要的象征意义。

三国之前，华夏族的成长壮大，更多是依傍另一条古老的水系——黄河。与长江"千里江陵一日还"的洒脱轻快相比，这条北方的大河，明显流淌得浑厚而沉重，甚至有些艰涩。当然，这种厚重与它一路裹挟的泥沙有很大关系，但无疑同样也来自文化：黄河的下游，稳稳镇着一座泰山；泰山顶上，站着一位孔子。

面对流水，道儒两家的感悟截然不同。老子说"上善若水"，着眼点侧重于柔弱胜刚强的灵动，但儒家所揄扬的水德，更多是脚踏实地的担当，比如孟子对水的理解："有本源的水滚滚而流，昼夜不停，把低洼之处都注满后，又继续朝前，直至入海。有立身之本的就是这样，这就是孔子多次赞美水的原因啊。"

老、庄都是楚人，而楚人，长期被视作南蛮。如果将视线放得宽泛一些，道家圣地，从张道陵时期的鹤鸣山，到后期张天师的龙虎山、三清山，都紧邻着长江；真正将佛教本土化的禅宗六祖慧能，不仅本身是岭南人，而且还是在黄梅东山悟的道，距离赤壁只有三百来里。可以说，无论释道，他们最重要的根据地都在长江流域。而这两家虽然各有教旨，但终极目标都是要把自己拔离世俗，这与积极入世的儒家刚好相反。这之间的区别，类似于作为图腾的龙与凤、作为书法的石刻与水墨、魏碑与行草，或是文学中诗经的朴素与楚辞的浪漫。

再宽泛一些，看看那些陶器青铜。从新石器时代开始，卷舒飘逸的曲线就是南方最常见的艺术表现形式，而在黄河流域，器皿上的线条往往却是正方、正三角，横平竖直，沉稳厚实。

一实一虚；一重一轻；一刚一柔；一方一圆。

一黄一青。两条河流的性格差异一目了然。当然，就像河姆渡，长江同样能够滋养出丝毫不逊色于中原的古文明，但在三国之前，中国历史的主舞台一直还是黄河流域；长期以来，长江只是作为一个不无歧视的陪衬，被动地填充着帝国庞大而稀疏的骨架。在司马迁笔下，长江流域的楚越之地，"地广人稀，饭稻羹鱼，或火耕而水耨，果隋蠃蛤，不待贾而足，地埶饶食，无饥馑之患，以故呰窳偷生，无积聚而多贫"，还是一幅蛮荒原始的面貌。

钱穆先生认为，以炎黄族为代表的华夏文明，最主要的发祥地在如今河南、山西的黄河中游两岸，随着战争和迁徙，涟漪般一圈圈扩大。以春秋战国为例，所谓的齐、晋、楚、秦，以及吴越，轮流称霸，其实就是华夏各族在东南西北各个方向，围绕着中原本土的依次结合。魏蜀吴三国的抗衡也具有同样的意义：他们的反复拉锯，终于唤醒了沉睡千年的波涛，推动一条同样充满生机的大河，渐次靠近了舞台中央。

不同时期，中国的概念也不尽相同。从"中原的中国"，到"中国的中国"，到"东亚的中国"，直至"世界的中国"，这是一条跨越五千年、漫长而艰辛的道路；而长江的正式加入，正是"中原的中国"向"中国的中国"迈出的坚实一步。

潮水冲击潮水，浪花激荡浪花，发源于同一脉雪域，奔流向同一片大海。就像太极中的阴阳双鱼，黄河长江首尾衔接缠绕，青黄两色天矫腾挪，终于旋转出了一片日趋圆满的中华大地。

撑起这片大地的，是三只势均力敌的鼎足。

"三"。

除了长江，三国的魅力来源还有这个公开的密码。

落实到一个乱世，三分天下，决定了它的乱没有那么杂无头绪，又不像楚汉争霸那么直截了当，乱得恰好，乱得有头绪，乱得有缓冲——乱得能使无数后人如痴如醉神魂颠倒。

"三"最极致的诱惑，在于存在着多种可能性。小说将曹操斥作元凶，而刘备则被奉为英雄；实际上，这不过是后人借古人酒杯浇自家的块垒——历代北方政权一般都视曹魏为正统，而流落南方的小朝廷，则往往与蜀汉同病相怜。其实既然将魏蜀吴三家比喻成鼎的三只足，便均匀承力，无所谓谁主谁次，就像诸葛亮兄弟分仕蜀吴，却不影响骨肉感情；谁都可以按照自己的立场与好恶，转动三只鼎足，演习不同方向的统一之路。

在汉末王纲解纽的大背景下，道德、秩序、政治、权力全面崩溃，这固然值得悲哀，但换个角度看，这其实也是一场解放，一场性情、思想、欲望的全面解放。在防守与进攻的游戏中，唯一的规则只剩下了胜者为王。无论多么阴险的计策，多么狠毒的兵刃，不必有任何顾忌，都可悉数使来。这也是三国人才如火山喷涌而出的主要原因。

"大江东去,浪淘尽,千古风流人物。"

毋庸讳言,东汉末年,整个中国都弥漫着强烈的陈腐气息,没有任何亮色。经学的烦琐,谶纬的荒诞,道德家的虚伪,还有政局的不可救药,无一不令人压抑而绝望。破罐子干脆破摔,帝国中枢倒地之后,反倒绝处逢生。

且不提其他。一个高兴起来将脑袋埋入饭桌放声大笑,蹭得满头汤水而不顾的曹操,与汉末那些苦大仇深正襟危坐的名士大儒,谁代表的时代更有活力?

历史已经沉闷太久:一个虽然形式统一但尸居余气的衰老王朝,与一段尽管四分五裂却激情四射的对峙,在中国发展的图表上,谁的坐标更高一些?

虽然戏剧中的曹操,被抹上了象征奸邪的白粉,但三国的剧目并不森冷。白脸之外,还有关羽的红脸、张飞的黑脸、典韦的黄脸;还有青龙刀、丈八矛、双股剑、方天戟;还有木牛、流马、八卦衣、鹅毛扇;还有大乔小乔,貂蝉吕布……云烟缭绕鼓点铿锵,将这段并不太长的历史,装点得五彩斑斓。

任何一个王朝其实都有固定的底色,即根据五行推演出的所谓国之正色,比如秦的黑,前汉的黄,后汉的赤。然而到了三国,世间所有的色彩却一同爆发了。

就像那夜流经赤壁的江水。火的红，水的绿，烟的黄，炭的焦黑，脸的惨白，相生相克搅作一团，花团锦簇烈火烹油，好不热闹。

而这所有的一切，全都来自一个简简单单的"三"。

"道生一，一生二，二生三……"

两千多年前的那天，老子扳着枯瘦的手指漫不经心地数着，到了三，他便停了下来，长长伸了个懒腰，够了。

"三生万物"。

正如佛家所说的"成住坏空"，旧世界已经坏空，劫灰深处，新的轮回已经悄然开始转动，一个在江水中孕育的新世界正迫切地期盼诞生。

万物皆待于"三"。

这个化生万物——更确切说即将在汉室废墟上化生出崭新时代的"三"，最终将在那夜的赤壁，被郑重确立。

不过，对于这台大戏，赤壁只是一个序曲。

"三生万物"。长江的三峡，才是这出戏的高潮与结尾。

正如晋军伐吴，战争正式开始于西陵峡。三国之后，几乎所有的大王朝，都将在三峡进行的军事行动，作为统一天下的收官之战。

三峡古属巴地。《山海经》记载，巴蜀一带远古时候有一种巨蛇，可以吞下整头大象。某种意义上，巴蛇吞象，能够视作一种象征：

任何一个伟大的盛世，都必须经过三峡这道狭窄的门。

"如果阿斗还行，你帮帮他；如果不成器——"

公元223年四月，巴东郡永安宫，也就是今天的奉节，六十三岁的刘备，再一次从昏迷中醒来，看看跪在床头哭成一团的儿子刘禅，再看看身前满脸忧容的诸葛亮，喘息许久，终于艰难地说出了那句话：

"你就自己做了吧。"

且不提暗藏在这句话里的机心，也不管诸葛亮对此的反应，有一点应该可以肯定，临终之时，刘备心中黯淡无光，甚至充满了绝望。

这份绝望来自他对儿子的了解，更来自上一年的那场败仗。事实上，他就是因为去年夏天，被东吴陆逊于猇亭火烧连营，才羞恼成疾的。这位蜀汉王朝的缔造者很清楚，随着三峡天险因为自己的败退而丧失，他的帝国其实已经在这场争夺天下的游戏中出局，被吞并只是时间问题。

西起重庆奉节，东至湖北宜昌，在六千三百公里的长江中，三峡只占了不到两百公里的一小段。然而,数千年中华史,历朝历代的盛衰兴亡,这条短短的峡江,或隐或显都留下了影子。

学者饶胜文先生,曾以围棋来比喻中国的军事地理格局,其中最关键的棋眼便是三峡。西控巴蜀,东引荆襄,北接汉中关中,南连云贵湖湘,既是蜀楚门户,又是长江咽喉,堪称整个中华帝国的平衡点:东出,或是西进,据守,或是扩张,这段江水的任何异动,都能改变天下棋局的走向。

还是以刘备的蜀汉为例。三峡是成都平原通向外地最重要、几乎是唯一的水路。蜀汉若能占有三峡,退可锁江坚守,进可顺流而下,席卷东南继而逐鹿中原,实为命脉所在。但猇亭一败,防线缩至三峡以西,便完全丧失主动,彻底破坏了诸葛亮《隆中对》水陆两线同时出兵的规划,败局其实已定,日后虽然一再兵出岐山,也只是苟延残喘。

因此,三峡成了所有江河中,战争密集度最高的一段水域。有学者统计过,这块区域的战争发生率,几乎达到了全国平均数的三倍。

而这数千年围绕着三峡展开的战争,最华彩的段落,便是三国。

兵书宝剑峡、金盔银甲峡、八阵图、箭穿洞、偷水孔、虎牙、锁关、锁峡……

随着赤壁火起，一段剑戟林立的峡江披挂上阵。

赤壁位于长江中游，而三峡则是长江上游的末端。

中国历史，从赤壁走到三峡，抑或说，这场沿着长江展开的争霸，胜利者从吴蜀的周瑜刘备，转换到晋国的王濬，足足花了七十二年。

虽然漫长，但这是必须经历的过程。

某种意义上，赤壁之战，可以视作黄河与长江，中国两大母亲河，第一次真正意义上的交锋；而晋灭吴，则标志着它们各自庞大的水系，终于连接贯通。

两条个性鲜明的河流，从对抗到和解，需要足够时间去彼此适应。何况，从上游到下游，长江自身的整合，远比黄河艰难。

北方农业对于水利的依赖，以及必须协同治理的中原水患，都决定了黄河不易被分割。春秋时，齐桓公主持的葵丘之会，诸侯盟誓的第一条，就是不能只顾各自利益截留河水或乱筑堤坝，导致别国受灾。而长江流域，复杂而零碎的地貌，却为割据创造了很多便利，以至于流程步步为营、关卡林立，甚至用铁链横锁江面，在水底钉入铁锥，以阻止船只航行。

《水经注》记载，东汉初年，公孙述据蜀称帝时，还建造过一座由巨舟连缀而成的大型浮桥，桥上设置关楼，可驻扎水师，堪称一道水上长城。

瞿塘关、南津关、荆门关、铜锣关、捍关、锁关、江关……与黄河联合之前，长江先得一道道解除自己的武装。

让我们为曹操的功败垂成惋惜吧，但这却是他的宿命。就像锻打利剑需要冷却淬火，就像埋入土中的种子需要等待春天。

寒冬里，那阵违背季节的东风，来得深谋远虑。

作为这台戏最重要的转场，小说家将开启新的时代的重任交给了关羽。

因此，他不得不暂停攻打长沙，偏离史书记载的路线，驾一叶扁舟过江，跨着赤兔马缓缓踱到了泥泞而幽暗的华容道。

夜浓如漆。遥遥将部众留在身后，关羽一人一马，双目紧闭当道而立，除了长须在寒风中飘拂，石像般纹丝不动。终于，前方隐隐传来草木窸窣和急促的喘息声。枣红脸上卧蚕眉微微一挑，关羽横过了手里的大刀。

相关史略：

根据前后《汉书》的《地理志》，公元2年，中国人口总数约五千七百七十万，其中约四千四百万生活在长江以北，一千三百七十万生活在长江以南，南北比例大致为七点六比二点四；公元140年，中国人口总数约为四千八百万，相应人口数分别为两千六百万和两千二百万，南北比例大致为五点四比四点六；由此可见，三国之前，中原人口已经开始由北向南迁徙。迁徙原因，推测为政局动荡、北方连续自然灾害，以及黄河水患。

公元220年，曹丕称帝，东汉亡，立国196年。

公元221年，刘备称帝，国号汉。

公元222年，孙权建吴，七年后称帝。

公元224年，魏文帝率军攻吴，会长江水涨，不得渡而还。

公元225年，诸葛亮南击建宁永昌等四郡，降伏蛮酋孟获，四郡悉平。

公元230年，吴大帝孙权遣将军卫温，率甲士万人，浮海寻觅所谓夷洲、亶洲。

公元263年，曹魏大举攻蜀汉，后主刘禅出降，蜀汉亡，立国43年。

公元265年，曹魏元帝让帝位于司马炎，曹魏亡。司马炎立国号晋。

公元280年，晋大将王濬兵至石头，吴帝孙皓出降，东吴亡，立国五十九年。西晋统一中国，三国时代终。

结语：左东右西

宇宙洪荒，天地玄黄。

一种包容而厚重的颜色，撑起了我们脚下这片大地，也将我们一路走来的足迹，涂抹得苍莽而辽远。

历史往往被比喻成一条河流。但在中国，人类最早的事迹，的确被书写于一条真正的河流两岸。

黄河，一条与大地具有相同色系的伟大河流。

从无人可说到茹毛饮血，蛮荒时代毕竟太过漫长，也太过渺茫。比较可靠的中国往事，姑且始于炎黄尧舜禹。这些远古部族究竟发源何地，至今纷纭难定。不过，再大胆的史家，也很少会把他们的活动圈划离黄河流域。

一部二十五史，应该从黄河谈起。

神的时代，相传共工氏战败，怒撞不周山，因此天倾西北、地陷东南。

地陷东南。中国的大江大河，也因此大多西来东去。

这同样奠定了中国历史最初的走向。

中华民族抟合于"诸夏"，成长壮大于三代，即夏商周三个延续的王朝。大体上来说，从公元前二十一世纪到秦灭东周，三代迁徙发展的轨迹都是沿着黄河做横向运动：夏人自西而东，商人自东而西，周人复自西而东。

人歌人哭，鸟去鸟来。将近两千年，西西东东，进进退退，中华诸先族在黄河岸边逐渐融合同化，终于华夏一家。也正是在这拉锯般的来来回回中，东西这两个原本只是自然属性的方向，被赋予了文化上的特殊意义。

"关西出将，关东出相。"

至迟在秦汉，这句以函谷关为中轴线的谚语便已经广泛流传。

不妨再将视线放宽到整个中国历史，把东西落实于函谷关内外的两座古都：长安和洛阳。一般建都长安（包括咸阳）的大朝代，如秦汉隋唐，多是开拓和张扬的，而定鼎洛阳则大多是内敛稳重的。

西汉东汉，西晋东晋，随着皇祚东移，国力势必大幅萎靡，文化熔铸却往往后来居上。

历朝历代，几无例外。

在中国，东西方位还有另一种表述方式：左右。

与现代地图相反，古人习惯以东为左，以西为右；东西与左右常可互相替代。

而最讲究尊卑的中国人，对于左右二字到底孰高孰低孰贵孰贱，几千年来却总是自相矛盾：一方面称赞说"无出其右"，可同时又恭恭敬敬地"虚左以待"。

当年老子是如此解释这个矛盾的："君子居则贵左，用兵则贵右；吉事尚左，凶事尚右。"贵右，是发现了人的右手要比左手有力；贵左，则是因为左所指代的东方是日出的方向，象征着温暖和万物生长。

依此理解，吉事凶事，不外分述文治与武功。

这里又出现了矛盾：理论上，文治一直被极致推崇，就像周武王的声誉永远超越不了他的父亲周文王；但八百年周朝基业，却需要他"血流漂杵"地缔造。

类似的情况还有齐国诸子百花齐放，可最终统一天下的，却是西秦的始皇。

西，日落的方向，五行属金，主秋气，主杀伐。

"收兵铸金人，函谷正东开。"推动历史转折的，往往是一阵凛冽的秋风。

左右互搏，左手本来就斗不过右手。

从日出到日落，东西之间的遥远距离，也为彼此埋下了难以化解的敌意。

逐客、焚书、坑儒，对于东方人和东方文化，秦始皇始终摆不脱嫉视；兴师动众的巡游，一大目的就是亲自镇压攫自东方的新国土。

东方同样轻傲西方。"孔子西行不到秦"，一千多年后，从韩愈的诗句中还可以窥探到几分东方学者对于"虎狼之秦"的鄙夷。

好比一件锦衣覆着褴褛，周室东迁，锦衣一去，褴褛依然。正如史家张荫麟所言，以东方人的视角，秦地本属戎狄，虽然曾经做过西周的京畿，但文明透入不深，依然是粗野之域。

公元前206年，项羽在咸阳宫殿内放了一把火。这场足足烧了三个月的大火，将东方对于西方的仇恨，发泄得淋漓尽致——

不知是否巧合，大泽乡、赤眉、黄巾，秦与两汉，第一声丧钟都敲响在帝国的东部。

只是这把火，同样将项羽的霸业，烧成了灰烬。

事后反思，其实早在项羽拒绝定都关中而东归彭城时，他的失败就已经注定。

而很大程度上，刘邦能够最终成功，即在于他富贵不归故乡，而是听从建议,以东人身份西都长安。

"大风起兮云飞扬,威加海内兮归故乡,安得猛士兮守四方!"

从此一颗乡心随风游走,天地四方都是吾乡。

毕竟心存眷念,便在长安城外,仿照沛郡丰邑,造了一座连老家的鸡和狗都分不出区别、一模一样的小城。

项羽最致命的悲剧在于,愤怒使他忘却,既然要做整个天下的霸主,就必须尽可能泯灭所有地域之间的隔阂。

面对矛盾各方,王者不能只着眼于相制相克,更应该致力于相济相生。

就像东亚大陆的季候风。须得分别来自东南海洋和西伯利亚的两股气流冷暖交汇,才能凝结成孕育生命的雨水。

其实在中国的古老典籍中,先哲早已指明了联通东西的重要意义。

《白虎通·封禅篇》:"王者易姓而起,必升封泰山,教告之义也。"

无论帝业建在哪里,天下安定后,均须东行封禅泰山,以告成功于上天。

面对泰山,强悍如秦始皇也只能屈膝下拜。

而泰山诸峰中,有一峰赫然名为"望秦"。

东西两方,其实彼此也不乏脉脉温情:从商鞅到李斯,辅佐秦国成就大业的历任名相,几乎全部来自函谷关以东。

正如左右双臂缺一不可,东西联袂,水火既济,方能打造出一个辉煌盛世。

盛世的前提是太平。

所谓太平,富足之外,也可以理解为社会各阶层最大程度的机会均衡:包括政治、教育、仕宦、赋税,等等,所有资源的公平分配。

就像尽可能减少"天顷西北"与"地陷东南"之间的巨大落差。

刘邦很幸运,因为他面对的,是一个从未有过的平坦人间。

正如钱穆先生所言,以血缘纽结的封建贵族阶层,在春秋就已经发展到"极优美、极高尚、极细腻雅致";但盛极必衰,孔子感叹的"礼崩乐坏",已然昭示其没落无可挽回。这种没落在战争形式的转变上也得以体现:承载着贵族精神的车战逐渐转向步战,而后者为平民的出头开启了一扇血腥的大门。

天子受制于诸侯,诸侯受制于大夫,大夫受制于陪臣,周王室东迁以来,权力层层下滑。由三卿分晋揭幕的战国竞雄,更如高山坠石,愈发加速了上层阶级的沉降;末了遭始皇铁腕一击,封建贵族残存的尊严也被彻底击碎。

而在平民阶层上升的过程中，知识开放起了至关重要的作用。孔子有教无类，第一个将宗庙里的知识传播到了民间；得到启蒙的平民学者，士气迅速高涨，甚至"一怒而诸侯惧，安居而天下熄"，隐隐然形成了与王侯分庭抗礼的格局。

此消彼长，终于瓜熟蒂落。刘邦提三尺剑，竟以一介布衣登上了龙床，可见平民作为新晋阶层，草根上位已不可遏止。

刘邦的王朝，开局尽管残破，但郡县帝国新硎初试，毕竟生机勃然，一经休养生息，便繁花似锦；在其身后，历文景到武帝，只传承四五代，便迎来了中华历史上第一个盛世。

武帝的成功，原因很多，然其朝中人才之众，亦是一大要素。

武帝一朝，儒师有董仲舒、公孙弘，武将有卫青、李广、霍去病，理财有桑弘羊，司法有张汤，使节有张骞、苏武，文学有司马相如、东方朔，史官有司马迁，朝臣盛况每为后世艳羡。有此局面，固然归功于武帝气度恢弘，用人不拘一格，也是因为西汉以布衣君臣开国，各色人物平流竞进，不限阶资流品，才俊之士少受压制。

被鼓励参与政治的，不仅是所有阶层的人，还有帝国的各个板块。从武帝开始，察举孝廉、秀才成为入仕正途，而察举制以人口比例决定每一郡县的荐举名额，如和帝年间规定，大郡百万人口每年可举五名，小郡不满二十万人则每两年举一名。此政立意，蕴有一种地理上的平等精神，保障全社会人才平均而不间断地进入官僚系统，从而维持地方对于中央的凝聚力。

钱穆先生认为，秦汉政府，并非以一中心征服四围，而是由四围之优秀力量共同参加，以造成一中央，这与同时期的罗马帝国以一中心强力征服四围，正好形成对比。对此他还举了一个比喻：

"罗马如于一室中悬巨灯，光耀四壁；秦汉则于室之四周遍悬诸灯，交射互映；故罗马碎其巨灯，全室即暗，秦汉则灯不俱坏光不全绝——因此，罗马民族震烁于一时，而中国文化则辉映于千古。"

无东无西，无南无北，四海平川，万马奔腾。

然而，盛世往往只如昙花一现。

太平，更只是一个梦幻，镜花水月，虽然美丽，却只是假象。

甚至可以说，人间从来不曾出现过真正的平等。

贾谊曾以"攻守之势异也"总结秦的亡国原因。如果以两个竞争阶层，守方对于攻方的实力优势作为基数，自然是攻方想缩小，守方想扩大。然而，无论这个数值原本有多悬殊，最终的胜利者必将是进攻的一方，这是历史发展的定势。不过，胜利的一刻，同时也是数值开始逆转的一刻。

中国历史大势，攻守二字庶几可以概括：比如秦始皇，在以重兵逼亡齐国的那一刻起，使命就从攻转成了守——因为就在此时，他的掘墓者也已悄然降世。

刘邦也是一样。一首《大风歌》，"威加海内"尚在慷慨进取，唱到"守四方"时便已忐忑垂涕。

宿命无法逃脱，评判一个王朝的成色，是最公正也最残酷的标准，不过只需衡量它"守四方"的质量与时间。

在此意义上，所谓的平等，抑或说所能达到的最大限度平等，往往只能出现在攻守交替的短暂平衡期。

弱肉注定逃不脱被强食。旧贵坠地之日，也是新贵崛起之时。口口声声歌颂平等，其实人心最容不得平等。这是人类的悲哀，却也是人类进步最有效的动力。

孟子云，为政之道，在于不得罪巨室。皇权永远都做不到绝对安全，不同阶段，会有不同性质的窃取乃至攻击者，比如汉初的诸侯、宗室，以及宿将，还有之后祸害超过百年的外戚和宦官；虽然类型各不相同，但这些集团背后，绝大多数都有巨室的支持，或者本身就是巨室。

所谓巨室，即世家大族。这其实是一个如同冰山般将大部分躯体隐藏起来的庞大存在，因为经常会干扰、甚至左右帝国的行政治理，在秦汉的文献上，他们经常被称呼为豪强或者豪族。

一般说来，任何统治者都不愿意接受孟子的教诲，他们会想尽办法削弱乃至镇压各种形式的豪族势力。事实上，直至武帝，汉王朝打击巨室的决心始终未曾动摇。不过，深宫中的皇权必然会随着传承而退化，巨室则会随着形势演变不断调整生存方式，因此这种打击会越来越力不从心，甚至反遭欺凌。很大程度上，王莽便因得罪巨室而败，而刘秀也因此心生畏惧，连打带拉得过且过。

对比前后汉的两位武帝，如果说汉武是速度加激情，光武更像是老牛拉破车。

人间重又峰峦叠起。

伴随这个过程的，是从孔子开始解放出来的学术，重新又被官府与豪强掌握，悄然藏入深宫大院："遗子黄金满籝，不如一经。"而经过儒学改造的豪强，不仅自身素质得到极大优化，社会声誉与政治影响力也有了巨大的提升。门阀，一个即将控制中国政坛数百年的特权阶层呼之欲出。

两汉用四百年时间，完成了一次从消灭旧贵族到树立新贵族的轮回。

在此背景下，帝国文气日重。东汉开国的"云台二十八将"，大半已是书生出身，而且多有豪族背景，人才走归一路，国力自然向衰；加之定都洛阳，立国姿态不免向东侧重，经济文化西向输送不足，西方武力缺少温煦，对外转弱，对内失衡，逐渐疏离难制，终于回头反噬。

黄巾董卓，一东一西，左右夹攻，汉家王气荡尽。

东西两京俱已残破，黄河元气大伤，放眼望去，只剩满目荒凉。

中国历史的书写底色也因此逐渐由中原的土黄转向江南的草绿：

另一条血气方刚的大河摩拳擦掌，即将登场。

观察中国版图的视角，也因此悄然开始了九十度的竖转。

因为被这条大河隔开的，是东西之外，中华大地的另两个方向。